Cuentos de Mamá Ganso

Por

Charles Perrault

Copyright del texto © 2023 Culturea ediciones
Sitio web : http://culturea.fr
Impresión: BOD - Books on Demand (Norderstedt, Alemania)
Correo electrónico : infos@culturea.fr
ISBN :9791041937523
Depósito legal : abril 2023

Barba Azul

En otro tiempo vivía un hombre que tenía hermosas casas en la ciudad y en el campo, vajilla de oro y plata, muebles muy adornados y carrozas doradas; pero, por desgracia, su barba era azul, color que le daba un aspecto tan feo y terrible que no había mujer ni joven que no huyera a su vista.

Una de sus vecinas, señora de rango, tenía dos hijas muy hermosas. Pidiole una en matrimonio, dejando a la madre la elección de la que había de ser su esposa. Ninguna de las jóvenes quería casar con él y cada cual lo endosaba a la otra, sin que la otra ni la una se resolvieran a ser la mujer de un hombre que tenía la barba azul. Además, aumentaba su disgusto el hecho de que había casado con varias mujeres y nadie sabía lo que de ellas había sido.

Barba Azul, para trabar con ellas relaciones, llevolas con su madre, tres o cuatro amigos íntimos y algunas jóvenes de la vecindad a una de sus casas de campo en la que permanecieron ocho días completos, que emplearon en paseos, partidos de caza y pesca, bailes y tertulias, sin dormir apenas y pasando las noches en decir chistes. Tan agradablemente se deslizó el tiempo, que a la menor pareciole que el dueño de casa no tenía la barba azul y que era un hombre muy bueno; y al regresar a la ciudad celebraron la boda.

Al cabo de un mes Barba Azul dijo a su esposa que se veía obligado a hacer un viaje a provincias, que a lo menos duraría seis semanas, siendo importante el asunto que a viajar le obligaba. Rogole que durante su ausencia se divirtiese cuanto pudiera, invitara a sus amigas a acompañarla, fuera con ellas al campo, si de ello gustaba, y procurara no estar triste.

—Aquí tienes, añadió, las llaves de los dos grandes guardamuebles. Estas son las de la vajilla de oro y plata que no se usa diariamente; las que te entrego pertenecen a las cajas donde guardo los metales preciosos; estas las de los cofres en los que están mis piedras y joyas, y aquí te doy el llavín que abre las puertas de todos los cuartos. Esta llavecita es la del gabinete que hay al extremo de la gran galería de abajo. Ábrelo todo, entra en todas partes, pero te prohíbo penetrar en el gabinete; y de tal manera te lo prohíbo, que si lo abres puedes esperarlo todo de mi cólera.

Prometiole atenerse exactamente a lo que acababa de ordenarle; y él, después de haberla abrazado, metiose en el carruaje y emprendió su viaje.

Las vecinas y los amigos no esperaron a que les llamasen para ir a casa de la recién casada, pues grandes eran sus deseos de verlo todo, que no se atrevieron a realizar estando el marido, porque su barba azul les espantaba. Acto continuo pusiéronse a recorrer los cuartos, los gabinetes, los guardarropas, siendo sorprendente la riqueza de cada habitación. Subieron enseguida a los guardamuebles, donde no se cansaron de admirar el número y belleza de los tapices, camas, sofás, papeleras, veladores, mesas y espejos que reproducían las imágenes de la cabeza a los pies y en los que los adornos, los unos de cristal, de plata dorados los otros, eran tan bellos y magníficos que iguales no se habían visto. No cesaban de ponderar y envidiar la dicha de su amiga, que no se divertía viendo tales riquezas, pues la dominaba la impaciencia por ir a abrir el gabinete de abajo.

Empujola la curiosidad, sin fijarse en que faltaba a la educación abandonando a sus amigas, bajó por una escalerilla reservada, con tanta precipitación que dos o tres veces corrió peligro de desnucarse. Al llegar a la puerta del gabinete detúvose algún tiempo, pensando en la prohibición de su marido y reflexionando que la desobediencia podía atraerle alguna desgracia; pero la tentación era tan fuerte que no pudo vencerla, y tomando la llavecita abrió temblando la puerta del gabinete.

Al principio nada vio, debido a que las ventanas estaban cerradas. Al cabo de algunos instantes comenzaron a destacarse los objetos y notó que el suelo estaba completamente cubierto de sangre cuajada y que en ella se reflejaban los cuerpos de varias mujeres muertas y sujetas a las paredes. Estas mujeres eran todas aquellas con quienes Barba Azul había casado, a las que había degollado una tras otra. Creyó morir de miedo ante tal espectáculo y se le cayó la llave del gabinete que acababa de sacar de la cerradura.

Después de haberse repuesto algo, cogió la llave, cerró la puerta y subió a su cuarto para dominar su agitación, sin que lo lograse, pues era extraordinaria.

Habiendo notado que la llave del gabinete estaba manchada de sangre, la enjugó dos o tres veces, pero la sangre no desaparecía. En vano la lavó y hasta la frotó con arenilla y asperón, pues continuaron las manchas sin que hubiera medio de hacerlas desaparecer, porque cuando lograba quitarlas de un lado, aparecían en el otro.

Barba Azul regresó de su viaje la noche de aquel mismo día y dijo que en el camino había recibido cartas noticiándole que había terminado favorablemente para él el asunto que le había obligado a ausentarse. La esposa hizo cuanto pudo para que creyese que su inesperada vuelta la había llenado de alegría.

Al día siguiente le dio las llaves y se las entregó tan temblorosa, que en el acto adivinó todo lo ocurrido.

—¿Por qué no está con las otras la llavecita del gabinete? —Le preguntó.

—Probablemente la habré dejado sobre mi mesa —contestó.

—Dámela enseguida —añadió Barba Azul.

Después de varias dilaciones, forzoso fue entregar la llave. Mirola Barba Azul y dijo a su mujer:

—¿A qué se debe que haya sangre en esta llave?

—Lo ignoro —contestó más pálida que la muerte.

—¿No lo sabes? —replicó Barba Azul—; yo lo sé. Has querido penetrar en el gabinete. Pues bien, entrarás en él e irás a ocupar tu puesto entre las mujeres que allí has visto.

Al oír estas palabras arrojose llorando a los pies de su esposo y pidiole perdón con todas las demostraciones de un verdadero arrepentimiento por haberle desobedecido. Hubiera conmovido a una roca, tanta era su aflicción y belleza, pero Barba Azul tenía el corazón más duro que el granito.

—Es necesario que mueras —le dijo—, y morirás en el acto.

—Puesto que es forzoso —murmuró mirándole con los ojos anegados en llanto—, concédeme algún tiempo para rezar.

—Te concedo diez minutos —replicó Barba Azul—, pero ni un segundo más.

En cuanto estuvo sola llamó a su hermana y le dijo:

—Anita de mi corazón; sube a lo alto de la torre y mira si vienen mis hermanos. Me han prometido que hoy vendrían a verme, y si les ves hazles seña de que apresuren el paso.

Subió Anita a lo alto de la torre y la mísera le preguntaba a cada instante.

—Anita, hermana mía, ¿ves algo?

Y Anita contestaba:

—Sólo veo el sol que centellea y la hierba que verdea.

Barba Azul tenía una enorme cuchilla en la mano y gritaba con toda la fuerza de sus pulmones a su mujer:

—Baja enseguida o subo yo.

—¡Un instante, por piedad! —le contestaba su esposa; y luego decía en voz baja—: Anita, hermana mía, ¿ves algo?

Su hermana respondía:

—Sólo veo el sol que centellea y la hierba que verdea.

—Baja pronto —bramaba Barba Azul—, o subo yo.

—Bajo —contestó la infeliz; y luego preguntó—, Anita, hermana mía, ¿viene alguien?

—Sí, veo una gran polvareda que hacia aquí avanza...

—¿Son mis hermanos?

—¡Ay!, no, hermana mía; es un rebaño de carneros.

—¿Bajas o no bajas? —vociferaba Barba Azul.

—¡Un momento, otro instante no más! —exclamó su mujer; y luego añadió—: Anita, hermana mía, ¿viene alguien?

—Veo —contestó—, dos caballeros que hacia aquí se encaminan, pero aún están muy lejos. ¡Alabado sea Dios!, exclamó, poco después; ¡son mis hermanos! Les hago señas para que apresuren el paso.

Barba Azul se puso a gritar con tanta fuerza que se estremeció la casa entera. Bajó la infeliz mujer y fue a arrojarse a sus pies llorosa y desgreñada.

—De nada han de servirte las lágrimas —le dijo—; has de morir.

Luego agarrola de los cabellos con una mano y levantó con la otra la cuchilla para cortarle la cabeza. La infeliz hacia él volvió la moribunda mirada y rogole le concediese unos segundos.

—No, no —rugió aquel hombre—; encomiéndate a Dios.

Y al mismo tiempo levantó el armado brazo...

En aquel momento golpearon con tanta fuerza la puerta, que Barba Azul se detuvo. Abrieron y entraron dos caballeros, quienes desnudando las espadas corrieron hacia donde estaba aquel hombre, que reconoció a los dos hermanos de su mujer, el uno perteneciente a un regimiento de dragones y el otro mosquetero; y al verles escapó. Persiguiéronle tan de cerca ambos hermanos, que le alcanzaron antes que hubiese podido llegar a la plataforma le atravesaron el cuerpo con sus espadas y le dejaron muerto. La pobre mujer casi tan falta de vida estaba como su marido y ni fuerzas tuvo para levantarse y abrazar a sus hermanos.

Resultó que Barba Azul no tenía herederos, con lo cual todos sus bienes pasaron a su esposa, quien empleó una parte en casar a su hermanita con un joven gentilhombre que hacía tiempo la amaba, otra parte en comprar los grados de capitán para sus hermanos y el resto se lo reservó, casando con un hombre muy digno y honrado que la hizo olvidar los tristes instantes que había pasado con Barba Azul.

Moraleja

De lo dicho se deduce,

si el cuento sabes leer,

que al curioso los disgustos

suelen venirle a granel.

La curiosidad empieza,

nos domina, y una vez

satisfecha, ya no queda

de ella siquiera el placer,

pero quedan sus peligros

que has de evitar por tu bien.

Otra moraleja

A tiempos ya muy lejanos

se refiere aqueste cuento.

Mas ahora, aunque el marido

devorado esté por celos

y tenga la barba azul,

o bien negro tenga el pelo,

le domina la mujer

con la dulzura y talento.

Para que haya paz en casa,

ya sabéis cuál es el medio.

Caperucita Roja

En tiempo del rey que rabió, vivía en una aldea una niña, la más linda de las aldeanas, tanto que loca de gozo estaba su madre y más aún su abuela, quien le había hecho una caperuza roja; y tan bien le estaba que por Caperucita roja conocíanla todos. Un día su madre hizo tortas y le dijo:

—Irás á casa de la abuela a informarte de su salud, pues me han dicho que está enferma. Llévale una torta y este tarrito lleno de manteca.

Caperucita roja salió enseguida en dirección a la casa de su abuela, que vivía en otra aldea. Al pasar por un bosque encontró al compadre lobo que tuvo ganas de comérsela, pero a ello no se atrevió porque había algunos leñadores. Preguntola a dónde iba, y la pobre niña, que no sabía fuese peligroso detenerse para dar oídos al lobo, le dijo:

—Voy a ver a mi abuela y a llevarle esta torta con un tarrito de manteca que le envía mi madre.

—¿Vive muy lejos? —Preguntole el lobo.

—Sí, —contestole Caperucita roja— a la otra parte del molino que veis ahí; en la primera casa de la aldea.

—Pues entonces, añadió el lobo, yo también quiero visitarla. Iré a su casa por este camino y tú por aquel, a ver cual de los dos llega antes.

El lobo echó a correr tanto como pudo, tomando el camino más corto, y la niña fuese por el más largo entreteniéndose en coger avellanas, en correr detrás de las mariposas y en hacer ramilletes con las florecillas que hallaba a su paso.

Poco tardó el lobo en llegar a la casa de la abuela. Llamó: ¡pam! ¡pam!

—¿Quién va?

—Soy vuestra nieta, Caperucita roja —dijo el lobo imitando la voz de la niña. Os traigo una torta y un tarrito de manteca que mi madre os envía.

La buena de la abuela, que estaba en cama porque se sentía indispuesta, contestó gritando:

—Tira del cordel y se abrirá el cancel.

Así lo hizo el lobo y la puerta se abrió. Arrojose encima de la vieja y la devoró en un abrir y cerrar de ojos, pues hacía más de tres días que no había comido. Luego cerró la puerta y fue a acostarse en la cama de la abuela, esperando a Caperucita roja, la que algún tiempo después llamó a la puerta: ¡pam! ¡pam!

—¿Quién va?

Caperucita roja, que oyó la ronca voz del lobo, tuvo miedo al principio, pero creyendo que su abuela estaba constipada, contestó:

—Soy yo, vuestra nieta, Caperucita roja, que os trae una torta y un tarrito de manteca que os envía mi madre.

El lobo gritó procurando endulzar la voz:

—Tira del cordel y se abrirá el cancel.

Caperucita roja tiró del cordel y la puerta se abrió. Al verla entrar, el lobo le dijo, ocultándose debajo de la manta:

—Deja la torta y el tarrito de manteca encima de la artesa y vente a acostar conmigo.

Caperucita roja lo hizo, se desnudó y se metió en la cama. Grande fue su sorpresa al aspecto de su abuela sin vestidos, y le dijo:

—Abuelita, tenéis los brazos muy largos.

—Así te abrazaré mejor, hija mía.

—Abuelita, tenéis las piernas muy largas.

—Así correré más, hija mía.

—Abuelita, tenéis las orejas muy grandes.

—Así te oiré mejor, hija mía.

—Abuelita, tenéis los ojos muy grandes.

—Así te veré mejor, hija mía.

Abuelita, tenéis los dientes muy grandes.

—Así comeré mejor, hija mía.

Y al decir estas palabras, el malvado lobo arrojose sobre Caperucita roja y se la comió.

Moraleja

La niña bonita,

la que no lo sea,

que a todas alcanza

esta moraleja,

mucho miedo, mucho,

al lobo le tenga,

que a veces es joven

de buena presencia,

de palabras dulces,

de grandes promesas,

tan pronto olvidadas

como fueron hechas.

El gato con botas

Murió un molinero que tenía tres hijos, y no dejó más bienes que su molino, su borriquillo y un gato.

Se hicieron las particiones con gran facilidad y ni el escribano ni el procurador, que se hubieran comido tan pobre patrimonio, tuvieron que entender en ellas.

El mayor de los tres hermanos se quedó con el molino.

El mediano fue dueño del borriquillo.

Y el pequeño no tuvo otra herencia que el gato.

El pobre chico se desconsoló al verse con tan pobre patrimonio.

—Mis hermanos —decía— podrán ganarse honradamente la vida trabajando juntos; pero después que me haya comido mi gato y lo poco que me den por su piel, no tendré más remedio que morir de hambre.

El gato, que escuchaba estas palabras, se subió de un salto sobre las rodillas de su amo, y acariciándole a su manera, le dijo:

—No os desconsoléis, mi amo; compradme un par de botas y un saco con cordones, y ya veréis como no es tan mala la parte de herencia que os ha tocado.

El chico tenía tal confianza en la astucia de su gato y le había visto desplegar tanto ingenio en la caza de pájaros y de ratones que no desesperó de ser por él socorrido en su miseria. Reunió, pues, algún dinerillo y le compró los objetos que pedía.

El gato se puso inmediatamente las botas, colgóse el saco al cuello, asiendo los cordones con sus patas de delante, y se fue a un soto donde había gran número de conejos.

Colocó de cierto modo el saco al pie de un árbol, puso en su fondo algunas yerbas de tomillo y, haciéndose el muerto, esperó a que algún gazapo, poco instruido en los peligros del mundo, entrase en el saco para regalarse con lo que en él había.

Pocos momentos hacía que estaba apostado, cuando un conejillo entró corriendo en el saco. El gato tiró de los cordones, cogiéndole dentro, y le dio muerte con la mayor destreza.

Orgulloso de su hazaña, se dirigió al palacio del rey de aquella tierra y pidió hablar a S. M.

Condujéronle a la cámara real y, después de hacer una gran reverencia al monarca, le dijo presentándole el conejo:

—Señor, mi amo el señor marqués de Carabas tendrá un placer en que os dignéis probar su caza y os envía este conejo que ha cogido esta mañana en sus sotos.

—Di a tu amo —respondió el rey— que lo acepto con mucho gusto y que le doy las gracias.

El gato salió de palacio saltando de alegría y fue a decir a su amo lo que había hecho.

Algunos días después volvió al bosque, armado con sus botas y su saco, y no tardó en apoderarse de un par de perdices.

Inmediatamente fue a presentarlas al rey, como había hecho con el conejo, y el monarca recibió con tanto gusto las dos perdices que mandó a su tesorero diese al gato algún dinero para beber.

El gato continuó durante dos o tres meses llevando de tiempo en tiempo al rey una parte de su caza. Pero un día supo que el rey debía ir a pasear por la orilla del río con su hija, la princesa más hermosa del mundo, y entonces dijo a su amo:

—Si queréis seguir mis consejos, tenéis hecha vuestra fortuna: id a bañaros al río, en el sitio que yo os diga, y luego dejarme hacer.

El hijo del molinero hizo lo que el gato le aconsejaba, aunque no comprendía cuáles pudieran ser sus instintos.

Cuando se estaba bañando llegó el rey a la orilla del río y entonces el gato se puso a gritar con todas sus fuerzas.

—¡Socorro! ¡Socorro! ¡El señor marqués de Carabas se está ahogando!

A este grito el rey asomó la cabeza por la portezuela y, reconociendo al gato que tantas veces le había llevado caza, mandó inmediatamente a sus guardias que fuesen en socorro del marqués de Carabas.

En tanto que sacaban del río al pobre marqués, el gato, aproximándose a la carroza, dijo al rey que mientras su amo se bañaba unos ladrones le habían robado sus ropas, aunque él había llamado en su auxilio con todas sus fuerzas, y el rey mandó inmediatamente a los oficiales de su guardarropa que fuesen a buscar uno de sus más bellos trajes para el marqués de Carabas.

Después que estuvo vestido se presentó al rey, que le recibió con mucho agrado, y, como las hermosas ropas que acababan de darle aumentaban mucho su natural belleza, la hija del monarca le encontró muy de su gusto y le dirigió una mirada tan tierna y cariñosa que dio algo que pensar a los cortesanos.

El rey invitó al marqués a subir en la carroza y a acompañarle en su paseo y el gato, lleno de júbilo al ver que empezaban a realizarse sus designios, tomó la delantera.

No tardó en encontrar unos labriegos que segaban la yerba de un prado y les dijo:

—Buenas gentes, si no decís al rey que el prado que estáis segando pertenece al señor marqués de Carabas, seréis hechos pedazos tan menudos como las piedras del río.

El rey no dejó de preguntar a los segadores quién era el dueño de aquellos prados y, temerosos por la amenaza del gato, los labriegos contestaron a una voz:

—Es el señor marqués de Carabas.

—Tenéis unos terrenos magníficos —dijo el rey al hijo del molinero.

Sí, señor, —respondió éste— este prado me da todos los años productos muy abundantes.

El gato, que iba siempre delante, encontró luego unos cavadores y les dijo:

—Buenas gentes, si cuando el rey os pregunte no le contestáis que estas tierras son del marqués de Carabas, os harán pedazos tan menudos como las piedras del río.

El rey, que pasó un momento después, quiso saber a quién pertenecían aquellas tierras y preguntó a los labriegos.

—Nuestro amo —respondieron éstos— es el señor marqués de Carabas.

Y el rey felicitó de nuevo al hijo del molinero.

El gato, que iba siempre delante de la carroza, decía lo mismo a todas las gentes que encontraba en el camino y el rey se admiró bien pronto de las grandes riquezas del marqués de Carabas.

El gato llegó, al fin, a un hermoso castillo cuyo dueño era un ogro, el más rico de la comarca, pues le pertenecían todos los prados y bosques por donde el rey había pasado.

Después de informarse de las cualidades de este ogro, llegó el gato a su residencia y pidió hablarle, diciendo que no había querido pasar por sus dominios sin presentarle sus respetos.

El ogro le recibió con una gran amabilidad y le hizo reposar.

—Me han asegurado —le dijo el gato— que tenéis el don de poder convertiros en el animal que os parece; que podéis, por ejemplo, trasformaros en elefante, en león...

—Sí, por cierto, —respondió el ogro— y para probároslo vais a verme convertido en león.

La trasformación se verificó instantáneamente, y el gato se espantó tanto al ver un león ante sí que saltó al alero del tejado, no sin alguna dificultad a causa de sus botas, que no servían para andar por las tejas.

Algún tiempo después, viendo que el ogro había recobrado su forma primitiva, el gato descendió y le dijo:

—Me han asegurado también, pero no puedo creerlo, que tenéis asimismo la facultad de trasformaros en los animales pequeños; por ejemplo, que podéis tomar la forma de un ratón. Eso me parece imposible.

—¡Imposible! —exclamó el ogro— ¡vais a convenceros!

Y al mismo tiempo se trasformó en un ratón sumamente pequeño y se puso a correr por la sala.

El gato no esperó más y,lanzándose ágilmente sobre él, le clavó las uñas y los dientes y le degolló.

En tanto, el rey, que al pasar vio el magnífico castillo del ogro, quiso entrar en él a descansar.

El gato, que oyó el ruido de la carroza al rodar sobre el puente levadizo, salió corriendo y dijo al rey:

—¡Bien venido sea V. M. al castillo de mi noble amo el marqués de Carabas!

—¡Cómo, señor marqués!, —dijo el rey al hijo del molinero— ¡es vuestro este castillo! ¡No hay otro tan hermoso en mis estados! ¡Enseñádnoslo, si gustáis!

El marqués presentó el brazo a la joven princesa y, siguiendo al rey, que marchaba el primero, entraron en una gran sala, donde encontraron servida una opípara cena que el ogro había hecho preparar para sus amigos, que aquella noche debían ir a solazarse al castillo y que no se atrevieron a entrar cuando supieron que el rey estaba allí.

El rey, encantado de las buenas cualidades del marqués y viendo que a su hija no le había sido indiferente, le dijo, después de haber bebido cuatro o cinco copas de un excelente vino:

—Tendría mucho placer, amigo mío, si quisierais ser mi yerno.

El hijo del molinero, haciendo grandes reverencias, aceptó la honrosa proposición del rey y pocos días después dio la mano de esposo a la joven y bella princesa.

El gato fue todo un gran señor y ya no corrió tras los ratones sino por pura diversión.

Nunca se separó de su amo y algunas veces le decía con tono grato:

—Ya veis como el ingenio y la industria valen más que todas las herencias.

Aquel gato era un gran filósofo.

La bella durmiente

En otros tiempos había un rey y una reina, cuya tristeza porque no tenían hijos era tan grande que no puede ponderarse. Fueron a beber todas las aguas del mundo, hicieron votos, emprendieron peregrinaciones, pero no lograron ver sus deseos realizados, hasta que, por último, quedó en cinta la reina y dio a luz una hija. La explendidez del bateo no hay medio de describirla, y fueron madrinas de la princesita todas las hadas que pudieron hallar en el país, y siete fueron, con el propósito de que cada una de ellas le concediera un don, como era costumbre entre las hadas en aquel entonces; y por este medio tuvo la princesa todas las perfecciones imaginables.

Después de la ceremonia del bautismo, todos fueron a palacio, en donde se había dispuesto un gran festín para las hadas. Delante de cada una se puso un magnífico cubierto con un estuche de oro macizo, en el que había una cuchara, un tenedor y un cuchillo de oro fino, guarnecido de diamantes y rubíes.

En el momento sentarse a la mesa, vieron entrar una vieja hada que no había sido invitada, debido a que durante más de cincuenta años no había salido de una torre y se la creía muerta o encantada.

Mandó el rey que le pusieran cubierto, pero no hubo medio darle un estuche de oro macizo como a las otras, porque sólo se había ordenado construir siete para las siete hadas. Creyó la vieja que se la despreciaba y gruñó entre dientes algunas amenazas. Una de las hadas jóvenes que estaba a su lado, oyola, y temiendo que concediese algún don dañino a la princesita, en cuanto se levantaron de la mesa fue a esconderse detrás de un tapiz para hablar la última y poder reparar hasta donde le fuera posible el daño que hiciera la vieja.

Comenzaron las hadas a conceder sus dones a la recién nacida. La más joven dijo que sería la mujer más hermosa del mundo; la que la siguió añadió que sería buena como un ángel; gracias al don de la tercera, la princesita debía mostrar admirable gracia en cuanto hiciere; bailar bien, según el don de la cuarta; cantar como un ruiseñor, según el de la quinta, y tocar con extrema perfección todos los instrumentos, según el de la sexta. Llegole la vez a la vieja hada, la que dijo, temblándole la cabeza más a impulsos del despecho que de la vejez, que la princesita se heriría la mano con un huso y moriría de la herida.

Este terrible don a todos estremeció y no hubo quien no llorase. Entonces fue cuando salió de detrás del tapiz la joven hada y pronunció en voz alta estas palabras:

—Tranquilizaros rey y reina; vuestra hija no morirá de la herida. Verdad es que no tengo bastante poder para deshacer del todo lo que ha hecho mi compañera. La princesa se herirá la mano con un huso, pero, en vez de morir, sólo caerá en un tan profundo sueño que durará cien años, al cabo de los cuales vendrá a despertarla el hijo de un rey.

Deseoso el monarca de evitar la desgracia anunciada por la vieja, mandó publicar acto continuo un edicto prohibiendo hilar con huso, así como guardarlos en las casas, bajo pena de la vida.

Transcurrieron quince o diez y seis años, y cierto día el rey y la reina fueron a una de sus posesiones de recreo; y sucedió que corriendo por el castillo la joven princesa, subió de cuarto en cuarto hasta lo alto de una torre y se encontró en un pequeño desván en donde había una vieja que estaba ocupada en hilar su rueca, pues no había oído hablar de la prohibición del rey de hilar con huso.

—¿Qué hacéis, buena mujer?, le preguntó la princesa.

—Estoy hilando, hermosa niña, le contestó la vieja, quien no conocía a la que la interrogaba.

—¡Qué curioso es lo que estáis haciendo!, exclamó la princesa. ¿Cómo manejáis esto? Dádmelo, que quiero ver si sé hacer lo que vos.

Como era muy vivaracha, algo aturdida y, además, el decreto de las hadas así lo ordenaba, en cuanto hubo cogido el huso se hirió con él la mano y cayó sin sentido.

Muy espantada la vieja comenzó a dar voces pidiendo socorro. De todas partes acudieron, rociaron con agua la cara de la princesa, le desabrocharon el vestido, le dieron golpes en las manos, le frotaron las sienes con agua de la reina de Hungría, pero nada era bastante a hacerla volver en sí.

Entonces el rey, que al ruido había subido al desván recordó la predicción de las hadas, y reflexionando que lo sucedido era inevitable, puesto que aquellas lo habían dicho, dispuso que la princesa fuera llevada a un hermoso cuarto del palacio y puesta en una cana con adornos de oro y plata. Tan hermosa estaba que cualquiera al verla hubiera creído estar viendo un ángel, pues su desmayo no la había hecho perder el vivo color de su tez. Sonrosadas tenía las mejillas y sus labios asemejaban coral. Sólo tenía los ojos cerrados, pero se la oía respirar dulcemente, lo que demostraba que no estaba muerta.

Mandó el rey que la dejaran dormir tranquila hasta que sonara la hora de su despertar. La buena Hada que le había salvado la vida condenándola a dormir cien años, estaba en el reino de Pamplinga, que distaba de allí doce mil leguas, cuando le ocurrió el accidente a la princesa; pero bastó un momento para que de él tuviese aviso por un diminuto enano que calzaba botas, con las cuales a cada paso recorría siete leguas. Púsose inmediatamente en marcha la hada y al cabo de una hora vieronla llegar en un carro de fuego tirado por dragones. Fue el rey a ofrecerle la mano para que bajara del carro y la Hada aprobó cuanto se había hecho; y como era en extremo previsora, le dijo que cuando la princesa despertara se encontraría muy apurada si se hallaba sola en el viejo castillo. He aquí lo que hizo.

Excepción hecha del rey y la reina, tocó con su varilla a todos los que se encontraban en el castillo, ayas, damas de honor, camareras, gentiles—hombres, oficiales, mayordomos, cocineros, marmitones, recaderos, guardias, suizos, pajes y lacayos; también tocó los caballos que había en las cuadras y a los palafraneros, a los enormes mastines del corral y a la diminuta Tití, perrita de la princesa que estaba cerca de ella encima de la cama. Cuando a todos hubo tocado, todos se durmieron para no despertar hasta que despertara su dueña, con lo cual estarían dispuestos a servirla cuando de sus servicios necesitara. También se durmieron los asadores que estaban en la lumbre llenos de perdices y de faisanes, e igualmente quedó dormido el fuego. Todo esto se hizo en un momento, pues las hadas necesitan poco tiempo para hacer las cosas.

Entonces el rey y la reina, después de haber besado a su hija sin que despertara, salieron del castillo y mandaron publicar un edicto prohibiendo que persona alguna, fuese cual fuere su condición, se acercara al edificio. No era necesaria la prohibición, pues en quince minutos brotaron y crecieron en número extraordinario árboles grandes, pequeños rosales silvestres y espinosos, de tal manera entrelazados que ningún hombre ni animal hubiera podido pasar; de manera que sólo se veía lo alto de las torres del castillo, y aun era necesario mirarle de muy lejos. Nadie dudó de que la Hada había echado mano de todo su poder para que la princesa, mientras durmiera, nada tuviese que temer de los curiosos.

Pasadas los cien años, el hijo del monarca que reinaba entonces, debiendo añadir que la dinastía no era la de la princesa dormida, fue a cazar a aquel lado del bosque y preguntó que eran las torres que veía en medio del espeso ramaje. Contestole cada cual según lo que había oído; unos le dijeron que aquello era un viejo castillo poblado de almas en pena y otros que todas las brujas de la comarca se reunían en él los sábados. Según la opinión más generalizada, moraba en él un ogro que se llevaba al castillo todos los niños de que podía apoderarse para comerlos a su sabor y sin que fuera posible seguirle, abrirse puesto que sólo a él estaba reservado el privilegio de paso por entre la maleza.

No sabía a quien dar crédito el príncipe, cuando un viejo campesino habló y le dijo:

—Príncipe mío: hace más de cincuenta años oí contar a mi padre que en aquel castillo había la más bella princesa del mundo, que debía dormir cien años, estando reservado el despertarla al hijo de un rey, de quien debe ser esposa.

A estas palabras sintió el joven príncipe que la llama del amor brotaba en su corazón, y sin duda al instante creyó que daría fin a aventura tan llena de encantos. Impulsado por el amor y el deseo de gloria, resolvió saber en el acto si era exacto lo que el campesino le había dicho, y apenas llegó al bosque cuando todos los añosos árboles, los rosales silvestres y los espinos se separaron para abrirle paso. Caminó hacia el castillo, que veía al extremo de una larga alameda, en la que penetró, quedando muy sorprendido al observar que los de su comitiva no habían podido seguirle porque los árboles volvieron a recobrar su posición natural y a cerrar el paso en cuanto hubo pasado. No por eso dejó de continuar su camino, pues un príncipe joven y enamorado siempre es valiente. Penetró en un extremo del patio, y el espectáculo que a su vista se presentó era capaz de helar de miedo. El silencio era espantoso; veíase en todas partes la imagen de la muerte y la mirada tropezaba en cuerpos de hombres y animales que parecía estaban privados de vida; pero bastole fijarse en la nariz de berenjena y en los encendidos carrillos de los suizos para comprender que sólo estaban dormidos; además, los vasos, en los que sólo se veían restos de vino, decían que se habían dormido bebiendo.

Atravesó otro gran patio con pavimento de mármol; subió la escalera y entró en la sala de los guardias, que estaban formando hilera con el arcabuz al hombro y roncando ruidosamente. Cruzó varios aposentos llenos de gentiles hombres y de damas, de pie los unos, sentados los otros, pero todos durmiendo. Penetró en una cámara completamente dorada y vio en una cama, cuyos cortinajes estaban abiertos, el más hermoso espectáculo que a su mirada se había presentado: una princesa, que parecía tener quince o diez y seis años y cuya deslumbradora belleza tenía algo de luminosa y divina. Aproximose a ella temblando y admirándola y se arrodilló al pie de la cama.

Como había sonado la hora en que debía tener fin el encantamiento, la princesa despertó; y mirándole con tiernos ojos, le dijo:

—¿Sois vos, príncipe mío? ¡Cuánto os habéis hecho esperar!

Y llenaron de contento al príncipe tales palabras, y más aun la manera como fueron dichas. No sabía como encontrarla su alegría y agradecimiento y la aseguró que la amaba más que a si mismo. Mal hilvanadas salieron las palabras de los labios de ambos, pero a esto se debió que fueran más atractivas, pues poca elocuencia es señal de mucho amor. La confusión del hijo del rey era mayor que la de la princesa, cosa que no ha de sorprender, pues ella había tenido tiempo de pensar en lo que le diría; pues se supone, aunque nada de ello indique historia, que la buena Hada le había procurado el placer de agradables sueños durante los cien años que estuvo dormida. Cuatro horas hablaron y no se dijeron la mitad de las cosas que querían decirse.

El encantamiento del palacio cesó al mismo tiempo que el de la princesa, y cada cual pensó en cumplir con sus deberes; pero como no todos estaban enamorados, su primera sensación fue la del hambre, que sensiblemente les aguijoneaba. La dama de honor, hambrienta como las demás, se impacientó y dijo a la princesa que la comida estaba servida. El príncipe la ayudó a levantarse. Estaba vestida con mucha magnificencia, pero guardose de decirla que su traza y tocado se parecían a los de su abuela y que la moda del cuello que llevaba había pasado hacia mucho tiempo; pero su vestido y adornos en nada disminuían su belleza.

Pasaron a un salón con espejos y en él cenaron servidos por los gentiles—hombres de la princesa. Los músicos tocaron con los violines y los oboes antiguas piezas, pero muy bonitas, por más que hiciera cien años que nadie las tocaba y después de haber cenado, casoles sin pérdida de tiempo el gran limosnero en la capilla del castillo.

Al día siguiente el príncipe volvió a la ciudad en donde su padre debía estar con cuidado por su ausencia. Le dijo que cazando se había perdido en el bosque y había pasado la noche en la choza de un carbonero que le había dado pan negro y queso para cenar. El rey su padre, que era muy bonachón, le creyó, pero no del todo su madre al ver que casi todos los días iba a cazar y que siempre tenía una excusa a mano cuando pasaba fuera dos o tres noches, y supuso que se trataba de amores. El príncipe vivió con la princesa más de dos años y tuvo de ella dos hijos; una niña llamada Aurora, y el segundo un niño, al que pusieron por nombre Día, pues aun parecía más hermoso que su hermana.

La reina hizo varias tentativas para que su hijo le revelara su secreto, pero el príncipe no se atrevió a confiárselo, porque si bien la amaba, la temía por proceder de raza de ogros, a pesar de lo cual el rey había casado con ella porque su fortuna era grande. Además, se murmuraba en la corte, pero en voz muy baja, que tenía las inclinaciones de los ogros y que, al ver pasar los niños, con mucha dificultad lograba contener el deseo de devorarlos. A esto se debió que el príncipe nada le dijera.

Pero al cabo de dos años murió el rey, y al subir su hijo al trono, declaró públicamente su matrimonio y fue con gran ceremonia a buscar a la reina su esposa a su castillo. La recepción que le hicieron en la ciudad, que era la capital, cuando se presentó en medio de sus dos hijos, fue magnífica.

Algún tiempo después el príncipe fue a guerrear contra su vecino, el emperador Cantagallos. Confió la regencia a la reina madre y le recomendó mucho a su mujer y a sus hijos. Debía guerrear todo el verano; y en cuanto estuvo fuera, la reina madre envió su nuera y sus nietos a una casa de campo que había en el bosque para poder satisfacer con mayor libertad sus horribles apetitos. Algunos días después fue a la casa de campo y por la noche dijo a su mayordomo:

—Mañana quiero comerme a Aurora.

—¡Ah! señora..., exclamó el mayordomo.

—Lo quiero, contestó la reina con tono de ogra que desea devorar carne fresca, y quiero comerla en salsa picante.

El pobre hombre comprendió que no había que andarse con bromas con la ogra; tomó un enorme cuchillo y subió al cuarto de la pequeña Aurora. Tenía entonces cuatro años, y al verle corrió hacia él saltando y riendo, le abrazó y le pidió un caramelo. El mayordomo se puso a llorar, se le escapó el cuchillo y bajó al corral, degolló un cordero y lo aderezó con una salsa tan rica que la reina le dijo que nunca había comido cosa mejor. Al mismo tiempo el mayordomo llevó la pequeña Aurora a su mujer para ocultarla en su casa, que estaba situada a un extremo del corral.

Ocho días después aquella mala reina dijo a su mayordomo:

—Para cenar quiero comerme a mi nieto Día.

El mayordomo no replicó porque ya tenía formado el propósito de engañarla como la otra vez. Fue en busca del niño y hallole con un diminuto florete en la mano ensayándose en la esgrima con un mono, a pesar de que sólo tenía tres años. Llevole a su mujer, que le ocultó junto con Aurora, y el mayordomo sirvió a la reina madre un cabritillo muy tierno, que halló sabrosísimo.

Hasta entonces todo había marchado perfectamente pero una tarde aquella perversa ogra dijo al mayordomo:

—Quiero comerme a la reina aderezada en salsa picante, lo mismo que sus hijos.

El buen hombre quedó aplastado no sabiendo como engañarla. La joven reina tenía veinte años, sin contar los cien que había pasado durmiendo; el pobre funcionario desconfiaba de hallar en el corral una res cuyas carnes fueran semejantes a las de una princesa de tan extraña edad. El mayordomo, para salvar su vida, tomo la resolución de degollar a la reina y subió a su cuarto con la intención de realizar su propósito. Mientras subía se excitaba a la ira y entro puñal en mano. No quiso cogerla de sorpresa, y con mucho respeto le dijo cuál era la orden que le había dado la reina madre.

—Cumple tu deber, contesto ella tendiéndole el cuello; ejecuta la orden que te han dado y volveré a ver mis hijos, a mis pobres hijos, a quienes amaba tanto.

Desde que se los habían quitado sin decirle nada, la reina les creía muertos.

—¡No, no, señora!, exclamó el pobre mayordomo muy conmovido; no moriréis, pero no por eso dejaréis de ver a vuestros hijos, pues los veréis en mi casa en donde les he ocultado; y de nuevo engañaré a la reina sirviéndola una corza en vuestro lugar.

Llevola en el acto a su habitación y dejola que abrazara a sus hijos y confundiera sus lágrimas con las suyas, mientras él se fue a guisar la corza, que la ogra se comió a la cena con el mismo apetito que si hubiese sido la reina. Estaba muy satisfecha de su crueldad y se disponía a decir al rey, cuando regresara, que los lobos hambrientos se habían comido a su mujer y sus hijos.

Cierta noche que, según costumbre, rondaba por los patios y corrales del castillo por si olfateaba carne fresca, oyó que su nieto lloraba porque su madre quería pegarle por haber hecho una maldad, y también oyó la vocecita de Aurora, que pedía perdón para su hermano. La ogra reconoció la voz de la reina y de sus dos hijos, y llena de ira por haber sido engañada, ordenó al amanecer del día siguiente, con acento tan espantoso que todo el mundo temblaba, que pusieran en medio del patio un enorme tonel que hizo llenar de sapos, víboras, culebras y serpientes para arrojar en él a la reina, sus hijos y al mayordomo, su mujer y su criada, mandando que los trajeran con las manos atadas a la espalda.

En el patio estaban los infelices, y los verdugos se disponían a echarlos en el tonel, cuando el rey, a quien no se esperaba tan pronto, entró de repente a caballo. Había corrido mucho y preguntó muy admirado qué significaba aquel horrible espectáculo. Nadie se atrevía a contestarle, cuando la ogra, furiosa al ver lo que pasaba se arrojó la primera de cabeza al tonel y en un instante fue devorada por los asquerosos reptiles que había mandado echar dentro. El rey no dejó de sentir disgusto, pues era su madre, pero pronto se consoló con su hermosa mujer y sus hijos.

Moraleja

Cosa por demás sabida

es que el esperar no agrada,

pero el que más se apresura

no es el que más trecho avanza,

que para hacer ciertas cosas

se requiere tiempo y calma.

Cierto que esperar un novio

cien años, espera es magna;

pero la historia, amiguitos,

es historia ya pasada.

Como el casarse es asunto

de muchísima importancia,

pues sólo la muerte rompe

los lazos que entonces se atan,

más vale esperar un año

y traer la dicha a casa,

que no anticiparse un día

y traerse la desgracia.

La Cenicienta o La chinela de cristal

Érase un gentil-hombre que casó en segundas nupcias con una mujer altiva y huraña como otra no haya habido. Tenía dos hijas, como ella orgullosas y que en todo se le asemejaban. El esposo tenía una hija, cuya dulzura y bondad nadie aventajaba; cualidades que asemejaban las de su difunta madre, que fue buena entre las buenas.

Apenas celebradas las bodas, la madrastra hizo pesar su pésimo carácter sobre la joven, cuyas buenas cualidades no podía sufrir, tanto menos cuanto comparadas con las de sus hijas, éstas aparecían más despreciables. Encargole las más humildes faenas de la casa; debía fregar los platos y los chismes todos de la cocina, barría los cuartos de la señora y de sus dos hijas; dormía en el granero y en un mal jergón, mientras sus hermanas estaban en habitaciones bien amuebladas, tenían camas lujosas y grandes espejos, en los que se veían de la cabeza a los pies. La desdichada sufría con paciencia y no osaba quejarse a su padre, quien la hubiera reñido, pues estaba dominado por su mujer.

Cuando había terminado su tarea iba a un rincón de la chimenea y se sentaba encima de la ceniza, lo que dio origen a que la aplicaran un feo mote; mas la menor, que no era tan mala como su hermana, la llamaba Cenicienta, a pesar de lo cual la pobrecita, con sus remendados vestidos, era cien veces más hermosa que sus hermanas a pesar de sus magníficos trajes.

En aquel entonces el hijo el rey dio un baile al que invitó a todas las personas distinguidas y también a las dos señoritas, que figuraban en primera línea entre las de aquel país. Hételas ocupadas en escoger los vestidos y adornos que mejor habían de sentarles, de lo cual había de resultar aumento de trabajo para la Cenicienta, porque ella era la que repasaba la ropa de sus hermanas y cuidaba del atadillo y pliegues de sus jubones. Sólo se hablaba del traje que se pondrían.

Yo, dijo la mayor, llevaré el vestido de terciopelo rojo y un aderezo de Inglaterra.

Yo, añadió la menor, me pondré las sayas que acostumbro llevar, pero, en cambio, ostentaré mi manto recamado de flores de oro y mi adorno de diamantes, que es joya de las mejores.

Mandaron llamar a una buena peinadora para que hiciera maravillas, y enviaron por lunares a la tienda donde mejor los fabricaban. Llamaron a la Cenicienta para pedirle su opinión, porque su gusto era exquisito, y les dio excelentes consejos y hasta se ofreció para peinarlas, lo que aceptaron sus hermanas.

Mientras las estaba peinando, le dijeron:

— Cenicienta, ¿te gustaría ir al baile?

—¡Ay; señoritas, ustedes se burlan de mí! ¡No es al baile donde debo ir!

— Tienes razón: ¡cómo reirían si viesen a una joven como tú en el baile!

Otra que no hubiese sido la Cenicienta, las hubiera peinado mal; pero era buena y las peinó perfectamente bien. Casi dos días estuvieron sin comer, tanta era su alegría; rompieron más de doce lazos a fuerza de apretar para que su talle fuese más chiquitito y pasaron todo el tiempo delante del espejo.

Por fin llegó el tan deseado día; fuéronse al baile y con la mirada siguiolas la Cenicienta hasta perderlas de vista. Cuando hubieron desaparecido se puso a llorar. Su madrina, al verla anegada en llanto, preguntole qué tenía.

—Yo quisiera... yo quisiera...

Los sollozos le embargaban la voz y no podía continuar. Su madrina, que era hada, le dijo:

—¿Deseas ir al baile? ¿He adivinado?

—¡Ah!, sí; contestó la cenicienta suspirando.

—¿Serás buena?, le preguntó su madrina. Si lo eres, irás al baile.

Llevola a su cuarto, y le dijo: —Ve al jardín y tráeme una calabaza.

La Cenicienta fuese en seguida a buscarla y cogió la más hermosa que encontró, entregándola a su madrina, sin que acertase a adivinar qué tenía que ver la calabaza con el baile. Su madrina la vació, y cuando sólo quedó la corteza, tocola con su varita, e inmediatamente convirtiose la calabaza en una magnífica carroza dorada. Fuese luego en busca de la ratonera, donde halló seis ratones, todos vivos. Dijo a la Cenicienta que levantara un poquito la trampa, y cuando salía uno, le daba un golpecito con su varilla, transformándose inmediatamente el ratón en un soberbio caballo; de modo que reunió un magnífico tiro de seis corceles de un hermoso gris de rata que admiraba.

Pensando estaba de qué haría un cochero, cuando la Cenicienta dijo:

—Veré si ha quedado algún ratón en la ratonera y le convertiremos en cochero.

—Buena idea, contestole. Ve a mirarlo.

La Cenicienta volvió con la ratonera en la que había tres grandes ratas. La Hada escogió una entre las tres, dándole la preferencia por su barba; y habiéndola tocado con la varilla, se transformó en un fornido cochero con gruesos bigotes.

Luego le dijo:

—Ve al jardín y tráeme seis lagartos que encontrarás detrás de la regadera.

Así lo hizo, y en el acto su madrina convirtió los lagartos en otros tantos lacayos, que inmediatamente subieron a la carroza con sus libreas galoneadas, manteniéndose firmes como si en su vida hubiesen hecho otra cosa.

La Hada dijo entonces a la Cenicienta:

—¡Vaya!, ya tienes lo necesario para ir al baile. ¿Estás contenta?

Sí, madrina; pero, ¿iré al baile con mi feo vestido?

Su madrina tocola con la varita y sus ropas se convirtieron en vestidos de oro y seda recamados de pedrería. Luego le dio unas chinelas de cristal, las más lindas que humanos ojos hayan visto. Subió la Cenicienta a la carroza y su madrina le recomendó con mucho empeño que saliese del baile antes de medianoche, advirtiéndola que si permanecía en él un momento más, la carroza volvería a convertirse en calabaza, los caballos en ratones, los lacayos en lagartos y sus hermosos vestidos tomarían la primitiva forma que tenían.

Después de haber prometido a su madrina que se retiraría del baile antes de medianoche, fuese llena de alegría. Diose aviso al hijo del rey de que acababa de llegar una gran princesa desconocida y corrió a recibirla. Le dio la mano para que bajara de la carroza y llevola al salón donde estaban los convidados. A su entrada reinó un gran silencio, cesaron todos de bailar y pararon los violines, tanta fue la impresión producida por la extraordinaria belleza de la desconocida y tan grande el deseo de contemplarla. Sólo se oía el confuso murmullo producido por esta exclamación que salía de todos los labios.

—¡Qué hermosa es!

El mismo rey, a pesar de su vejez, no se cansaba de mirarla y decía en voz baja a la reina que hacía mucho tiempo que no había visto una mujer tan bella y amable. Todas las damas estaban absortas en la contemplación de su tocado y vestidos con el propósito de tener otros iguales al día siguiente, sí bien dudaban encontrar telas tan bellas y modistas hábiles para hacerlos.

El hijo del rey llevola al puesto más distinguido y luego la invitó a danzar. Bailó con tanta gracia que aun la admiraron más. Sirviose un espléndido refresco, pero nada probó el joven príncipe, pues sólo pensaba en mirarla. La Cenicienta fue a sentarse al lado de sus hermanas, con quienes mostrose muy amable, dándoles naranjas y limones de los que el príncipe le había ofrecido, lo que las admiró mucho, porque no la conocieron.

Mientras estaban hablando, la Cenicienta oyó que el reloj daba las doce menos cuarto. Hizo una gran reverencia a los asistentes y se fue tan deprisa como pudo. En cuanto llegó a su casa dirigiose al encuentro de su madrina, y después de haberle dado las gracias le dijo que desearía volver al baile el siguiente día, por que el hijo del rey se lo había rogado. Ocupada estaba en referir a su madrina todo lo que había ocurrido, cuando las dos hermanas llamaron a la puerta. La Cenicienta fue a abrir, y les dijo:

—¡Cuánto habéis tardado en volver!

Al mismo tiempo se frotaba los ojos y se desperezaba como si acabara de despertar, por más que no hubiere pensado en dormir desde que se separaron. Una de sus hermanas exclamó:

—Si hubieses estado en el baile no te hubieras fastidiado, pues ha ido la más hermosa princesa que pueda verse, quien se ha mostrado con nosotras muy amable y nos ha dado naranjas y limones.

Extraordinario era el júbilo de la Cenicienta. Preguntoles el nombre de la princesa, y le contestaron que se ignoraba, añadiendo que esto hacía sufrir mucho al hijo el rey, que daría todo lo del mundo por saberlo. Sonrió la

Cenicienta, y les dijo:

—¿Era muy bella? ¡Dios mío!, cuán dichosas sois vosotras; también lo sería yo si pudiese verla. Hermana mía, préstame tu vestido amarillo, el que te pones cada día.

—¿Crees que he perdido el juicio? No estoy loca rematada para prestar mi vestido a una fea y sucia como tú.

La Cenicienta contaba con esta negativa, que no le pesó, pues no hubiera sabido qué hacerse si su hermana hubiese accedido a su demanda.

Al día siguiente las dos hermanas fueron al baile y también la Cenicienta, pero más adornada que la vez primera. El hijo del Rey no se apartó de su lado y no cesó de hablarle con gracia. Con gusto le oía la joven, hasta tal punto que olvidó lo que su madrina le había encargado y sonó la primera campanada de medianoche, cuando creía que no eran las once. Levantose y huyó con la ligereza de una corza, seguida del príncipe, pero sin que pudiera alcanzarla, y en su fuga perdió una de las chinelas de cristal, que el hijo el rey recogió. La Cenicienta llegó a su casa muy cansada, sin carroza, sin lacayos y con su feo vestido, pues de su magnificencia solo le había quedado una de las chinelas de cristal, la pareja de la que había perdido. Preguntaron a los guardias de las puertas el palacio si habían visto salir a una princesa, y contestaron que sólo habían visto salir a una joven muy mal vestida, cuyo porte era más bien el de una campesina que el de una señorita.

Cuando las dos hermanas regresaron del baile preguntoles la Cenicienta si se habían divertido mucho y si la hermosa princesa había asistido. Contestaron afirmativamente, añadiendo que al dar medianoche había huido con tanto apresuramiento que había dejado caer una de sus chinelas de cristal, la más linda del mundo. También contaron que el hijo del rey la había recogido, y que hasta acabar el baile no había hecho otra cosa que mirarla, lo que demostraba que estaba enamorado de la joven a quien la diminuta chinela pertenecía.

Dijeron la verdad, pues pocos días después el hijo del rey mandó publicar a son de trompeta que se casaría con aquella a cuyo pie se amoldase exactamente la chinela. Se comenzó por probarla a las princesas, luego a las duquesas y después a todas las señoritas de la corte. Lleváronla a casa de las dos hermanas, que hicieron grandes esfuerzos para que su pie entrase en la chinela, pero sin lograrlo. La Cenicienta que las estaba mirando, reconoció su chinela y les dijo riendo:

Dejad que vea si mi pie entra en ella.

Sus hermanas soltaron la carcajada y de ella se burlaron. El gentil—hombre que probaba la chinela, miró con atención a la Cenicienta, vio que era muy bella y dijo que su deseo era justo, pues tenía orden de probar la chinela a todas las jóvenes. Hizo sentar a la Cenicienta, y acercando la chinela a su diminuto pie notó que entraba en ella sin dificultad, quedando calzado como sí se hubiese amoldado en cera.

Grande fue el asombro de ambas hermanas, y subió de punto cuando la Cenicienta sacó del bolsillo la otra diminuta chinela, que metió en el pie que no estaba calzado. En esto llegó la madrina, quien tocando con su varita los vestidos de la Cenicienta los convirtió en otros aún más preciosos que los que había llevado.

Entonces las dos hermanas reconocieron en ella a aquella joven que habían visto en el baile y se arrojaron a sus pies para pedirle perdón por los malos tratos que la habían hecho sufrir. La Cenicienta las levantó y les dijo abrazándolas que con toda su alma las perdonaba, rogándolas que siempre la amasen. Vestida como estaba, lleváronla al palacio del joven príncipe, quien la halló más hermosa que antes y casó con ella a los pocos días. La Cenicienta, tan buena como bella, mandó que sus dos hermanas se alojaran en palacio y el mismo día las casó con dos grandes señores de la corte.

Moraleja

Para ganar voluntades,

para abrirse corazones,

más que trajes y tocados

sirve un alma pura y noble.

Otra moraleja

No olvidéis que entre las dádivas

de las Hadas, la mejor

no es la belleza del rostro,

sino la del corazón.

Las hadas

Cierta viuda tenía dos hijas; la mayor tanto se la asemejaba en el carácter y el rostro, que quien la veía, a su madre miraba; y una y otra eran tan poco amables y tan orgullosas, que no había manera de vivir con ellas. La menor era el exacto retrato de su padre por su dulzura y honestidad, y cuantos la conocían afirmaban que era joven hermosísima de alma y de cuerpo. Como cada cual ama a su semejante, con delirio quería la madre a la mayor y era grande su aversión por la otra, a quien obligaba a comer en la cocina, condenándola a un trabajo incesante. Veíase obligada la pobre criatura a ir dos veces al día en busca de agua a un punto que distaba más de media legua de la casa, regresando con una enorme jarra llena. Un día que estaba en la fuente, acercósela una pobre mujer y rogole la diese de beber.

—Con mucho gusto, mi buena madre, le contestó la hermosa joven; levantando la jarra llenola de agua en el sitio de la fuente donde más cristalina era, y luego la sostuvo presentándola a la vieja para que bebiera con toda comodidad.

Una vez hubo apagado su sed la pobre mujer, le dijo:

—Eres tan bella, tan hermosa y tan honesta que quiero hacerte un don: a cada palabra que dirás saldrá de tu boca una flor o una piedra preciosa.

La vieja era una hada que había tomado las apariencias de una pobre mujer de aldea por ver hasta dónde llegaba la bondad de la joven.

En cuanto llegó a su casa, riñola su madre porque volvía tan tarde de la fuente.

—Perdón os pido, madre mía, contestó la pobre joven, por haber tardado tanto tiempo.

Al decir estas palabras, le salieron de la boca dos rosas, dos perlas y dos gruesos diamantes.

—¡Qué veo! Exclamó la madre llena de admiración. ¡Me parece que te saltan de la boca perlas y diamantes! ¿A qué se debe eso, hija mía?

Fue la vez primera que la llamó hija. La pobre joven le contó candorosamente lo que le había pasado, y mientras habló saltaron diamantes en número infinito de sus labios.

—Es necesario que envíe mi otra hija a la fuente, dijo la madre. Mira lo que sale de la boca de tu hermana cuando habla. ¿No te gustaría poseer el mismo don? Para alcanzarlo no tienes más que ir por agua a la fuente, y cuando una pobre mujer te pida de beber, complacerla con mucha amabilidad.

—¡No faltaba más! Exclamó la mayor; ¡ir yo a la fuente!

—Quiero que vayas en seguida, ordenó la madre.

A la fuente fuese, pero murmurando durante todo el camino. Llevose la más hermosa jarra de plata que había en la casa, y en cuanto llegó a la fuente vio salir del bosque una dama magníficamente vestida que le pidió de beber. Era la misma hada que se había aparecido a su hermana, pero esta vez se presentaba con las maneras y vestidos de una princesa, por ver hasta dónde llegaba la maldad de la joven.

—¿Acaso he venido aquí, le contestó con rudeza la orgullosa, para daros de beber? ¿Creéis que para eso he traído una jarra de plata? Aquí está la fuente, si tenéis sed, bebed.

Contestole la hada, sin que sus palabras revelasen irritación:

—No eres buena, y puesto que tan poca es tu amabilidad, te concedo un don: a cada palabra que pronuncies saldrá de tu boca una culebra o un galápago.

Al regresar a la casa gritola su madre en cuanto la vio.

—¿Y bien, hija mía?

—¿Y bien, madre mía? Contestó secamente, mientras saltaban de su boca dos víboras y dos galápagos.

—¡Cielo santo! Exclamó la madre; tu hermana tiene de ello la culpa y me la pagará.

Dicho esto corrió detrás de la menor para golpearla, y la pobre joven escapó y fuese al bosque próximo donde se refugió. Hallola el hijo del rey que volvía de caza, y al verla tan hermosa la preguntó qué hacía sola en tal sitio y por qué lloraba.

—¡Ah, señor, sollozó, mi madre me ha echado de casa!

El hijo del rey, que vio salir de su boca cinco o seis perlas y otros tantos diamantes, rogola le dijera a qué se debía tal maravilla. Refiriole la joven su aventura de la fuente. Enamorose de ella el príncipe, y considerando que el don que poseía valía más que la dote que pudiese tener otra mujer, llevola al palacio de su padre y casó con ella.

En cuanto a la hermana mayor, tanto se hizo aborrecer que su madre la echó fuera; y después de haber andado mucho la desgraciada sin encontrar quien quisiera recibirla, murió en un rincón del bosque.

Moraleja

Con diamantes y dinero

mucho se obtiene en verdad,

pero con dulces palabras

aún se obtiene mucho más.

Otra moraleja

La honradez, tarde o temprano

alcanza su recompensa,

y con frecuencia se logra

cuando en ella no se piensa.

Pellejo de asno

Érase un rey el más poderoso de la tierra, tan amable en la paz como terrible en la guerra. Sus vecinos le respetaban y temían y reinaba la mayor tranquilidad en sus Estados, cuya prosperidad nada dejaba que desear, pues con las virtudes de los ciudadanos brillaban las artes, la industria, y el comercio. Su esposa era tan cariñosa y encantadora y tantos atractivos tenía su ingenio, que si el rey era dichoso como soberano, más lo era como marido. Tenían una hija, y como era muy virtuosa y linda, se consolaban de no haber tenido más hijos.

El palacio era muy vasto y magnífico. En todas partes había cortesanos y criados. Las cuadras estaban llenas de arrogantes caballos y de bonitas jacas cubiertas de hermosos caparazones de oro y bordados; y por cierto no eran los caballos los que atraían las miradas de los que visitaban aquel sitio, sino un señor asno, que en el punto mejor y más vistoso de la cuadra erguía con arrogancia sus largas orejas. Bien merecía la referencia, pues tenía el privilegio de que lo que comía saliese transformado en relucientes escudos de oro, que eran recogidos todas las mañanas al desertar el asno.

Turbó la felicidad de los regios esposos una aguda enfermedad sufrida por la reina, que se fue agravando a pesar de haberse acudido a todos los auxilios de la ciencia y de haber llamado todos a los médicos. Comprendió la enferma que se aproximaba su última hora, y dijo al rey:

—Antes de morir quiero hacerte una súplica. Si cuando haya dejado de existir quieres volver casarte...

—¡Jamás! ¡Jamás! —exclamó el rey sollozando.

—Tal es tu propósito en este instante y me lo hace creer el amor que siempre te he inspirado; pero para que la seguridad sea mayor, quiero me jures que no has de volver a casarte a menos de hallar una mujer que me supere en belleza y en prudencia, la única a quien podrás hacer tu esposa.

Con los ojos llenos de lágrimas lo juró el príncipe, y poco después la reina exhaló en sus brazos el último suspiro, siendo grande la desesperación de su esposo. El dolor trastornó algo su razón, y a los pocos meses dio en mandar comparecer a su presencia a todas las jóvenes de la corte, después a las de la ciudad y luego a las del campo, diciendo que se casaría con la que fuera más bella que la reina difunta; pero como ninguna podía compararse con ella, todas eran rechazadas. El rey acabó por dar evidentes muestras de locura, y cierto día declaró que la infanta, que realmente era más bella que su madre, sería su esposa. Los cortesanos le hicieron presente que tal boda era imposible porque la infanta era hija suya, pero como es difícil hacer entrar en razón a un loco, el rey vociferó que querían engañarle pues él no tenía hijas.

La pobre princesita, al saber lo que ocurría, fuese llorosa a encontrar a su madrina, que era la más poderosa de las hadas, la que exclamó al verla:

—Sé lo que te trae a mi casa. Como tu padre desgraciadamente ha perdido la razón, no conviene que le contraríes abiertamente. Dile que antes de acceder a ser su esposa quieres un vestido de color de cielo, y no podrá dártelo.

Siguió la princesa el consejo de la Hada, y el rey llamó a todas las modistas y les dijo que las ahorcaría si no hacían un vestido de color de cielo. Impulsadas por el miedo pusieron manos a la obra, a los dos días tenía el vestido la infanta, que con lágrimas en los ojos se vio obligada a reconocer que su deseo había quedado satisfecho. Su madrina, que estaba en palacio, le dijo en voz baja:

—Pide un vestido más brillante que la luna, y no podrá dártelo.

Apenas hizo la demanda la princesa, el rey mandó llamar al que estaba encargado de los bordados de palacio y le dijo:

—Quiero dentro de cuatro días un vestido más brillante que la luna.

En el plazo señalado la infanta tuvo el vestido que eclipsaba el brillo de la luna. Al verlo la madrina murmuró al oído de su ahijada:

—Pide un vestido más brillante que el sol, y no podrá dártelo.

El rey mandó llamar a un rico diamantista y le dio la orden de hacer un vestido de brocado y piedras preciosas, amenazándole con mandarle cortar la cabeza si no lograba satisfacer sus deseos. Antes de terminar la semana la infanta tuvo el vestido, y al verlo fue grande su desesperación porque era más brillante que el astro del día. Entonces le dijo su madrina:

—Mientras posea el asno que constantemente llena su bolsa de escudos de oro, podrá satisfacer todos tus deseos. Pídele el pellejo el asno, como en tan rara bestia consisten sus principales recursos, no te lo dará.

Hizo la infanta lo que la Hada le aconsejaba y el rey mando sin vacilar matar el asno, despellejarlo y llevar la piel a la joven, que quedose abatida pues ya no sabía qué pedir. Animola su madrina recordándola que nada hay que temer cuando se obra bien, y luego la dijo que sola y disfrazada huyese a algún lejano reino.

—Aquí tienes, —añadió—, una caja donde pondremos todos tus vestidos, tus adornos, tu espejo, los diamantes y los rubíes. Te doy mi varita, y llevándola en la mano la caja te seguirá siempre oculta bajo tierra; cuando quieras abrirla, toca el suelo con la varita e inmediatamente aparecerá la caja. Para que nadie te conozca cúbrete con el pellejo del asno y nadie creerá que se oculte una hermosa princesa debajo de tan horroroso disfraz.

Siguió la princesa las indicaciones de su madrina y se alejó de los Estados de su padre. En cuanto el rey notó su ausencia envió mensajeros en su busca y todo lo revolvió, pero sin poder averiguar qué había sido de ella. La infanta, mientras tanto, continuaba su camino, pidiendo limosna a cuantos encontraba y deteniéndose en todas las casas para preguntar si necesitaban una criada; mas tan horroroso era su aspecto que no hubo quien quisiera tomarla a su servicio. Y siguió andando, andando, y fue lejos, muy lejos; y por último llegó a una alquería cuyo dueño necesitaba una porcallona para fregar, barrer y limpiar la gamella de los cerdos. Relegada a un rincón de la cocina, burlábanse de ella los criados, que procuraban contrariarla y molestarla, siendo blanco de sus groseras burlas.

Los domingos podía descansar, pues en cuanto había terminado sus quehaceres más indispensables, entraba en el tugurio que la habían destinado; y una vez cerrada la puerta, se quitaba el pellejo de asno, se peinaba, se adornaba con sus joyas se ponía unas veces el vestido de luna otras el de sol o el de cielo, si bien el espacio era reducido para la holgada cola de tales trajes. Se miraba ante el espejo y era mucha su alegría al verse joven, blanca, sonrosada y más bella que las demás mujeres. Estos momentos de júbilo le daban aliento para sufrir todas las contrariedades de los otros días y esperar el próximo domingo.

Olvidé decir que en la alquería donde había hallado colocación la infanta, tenía su corral un rey muy poderoso, y que allí se criaban las aves más raras y los animales más preciosos, que ocupaban diez grandes patios. El hijo del rey iba con frecuencia a la alquería al regresar de la caza, donde descansaba con sus acompañantes tomando algún refresco. El príncipe era muy arrogante y bello, y al verle Pellejo de Asno desde lejos, conoció por los latidos de su pecho que debajo de sus harapos aún latía el corazón de una princesa. Sin poder evitarlo se decía:

—Sus maneras son nobles, hermoso el rostro, simpático su aspecto. ¡Dichosa la mujer que logre merecer su amor! Si él me hubiese regalado un vestido, sería para mí más rico que el de sol y el de luna.

Un día se detuvo el príncipe en la alquería, y recorriendo los patios para examinar las aves y los animales, llegó delante del mísero aposento donde vivía Pellejo de Asno, y por casualidad se le ocurrió mirar por el ojo de la cerradura. Como era domingo vio a la porcallona vestida de oro y diamantes, más hermosa que el sol. El príncipe contemplola deslumbrado sin poder contener los latidos de su corazón, y por más que le admirara el vestido más le admiró su belleza. El blanco y sonrosado color de su tez, los arrogantes perfiles de su cara y su espléndida juventud, unido todo a cierto aire de grandeza realzada por la modestia, que era espejo del alma, enloquecieron de amor al príncipe.

Tres veces levantó el brazo para derribar la puerta, pero otras tantas le contuvo el temor de hallarse delante de una hada y retirose a su palacio pensativo. Suspiró desde entonces noche y día, huyó de todas las diversiones, incluso la de la caza, y perdió el apetito. Preguntó quién era aquella admirable belleza que vivía en el fondo de un corral, al extremo de un espantoso callejón, en el que la oscuridad era completa en pleno día, y se le contestó que se la llamaba Pellejo de asno, a causa de la piel que llevaba en el cuello; añadiendo que no había cómo mirarla para sentirse curado de amor, pues era más fea que la más horrible fiera.

Por más que le dijeron no quiso creerles, pues guardaba grabada en su corazón la imagen de la infanta. La reina, que no tenía otro hijo, lloraba sin cesar al verle languidecer. En vano le preguntó en qué consistía su enfermedad, pues el príncipe permaneció mudo, y lo único que pudo lograr fue le dijera que deseaba comer una empanada hecha por Pellejo de Asno. No supo la reina a quien se refería su hijo, y habiéndolo preguntado, le contestaron:

—¡Cielo santo! Pellejo de asno es, señora, un negro topo más asqueroso que el más sucio pinche de cocina.

—No importa, —exclamó la reina—; puesto que el príncipe quiere una empanada hecha por ella, es necesario darle gusto.

La madre amaba extraordinariamente a su hijo, y si le hubiese pedido la luna, hubiera procurado dársela.

Pellejo de Asno tomó harina, que había cernido para que fuese más fina, sal, manteca y huevos frescos, y se encerró en su habitación. Limpiose el rostro, las manos y los brazos; se puso un delantal de plata y dio comienzo a su tarea. Se cuenta que, mientras trabajaba, se le cayó del dedo, fuese casualidad o no lo fuese, uno de sus anillos de gran precio, lo que parece indicar que sabía que el príncipe la había estado mirando por el agujero de la cerradura y que de ella estaba enamorado. Sea lo que fuere, el hijo del rey comió con mucho apetito la empanada, que halló exquisita, y por poco se traga el anillo. Afortunadamente se fijó en él admirole la esmeralda, que era preciosa, y en especial el estrecho aro de oro, que marcaba la forma del dedo de su dueña.

Lleno de alegría guardó la sortija, de la que no volvió a separarse. Pero su mal fue en aumento, y consultados los médicos dijeron que estaba enfermo de amor. Resolvieron sus padres casarle, y el príncipe les contestó:

—Solo me casaré con la joven a cuyo dedo se ajuste este anillo.

Grande fue la sorpresa del rey y de la reina al oír tan extraña exigencia, pero como el estado del príncipe era muy grave, no se atrevieron a contrariarle e inmediatamente anunciaron que se casaría con el príncipe la joven, aunque no fuese de sangre real, cuyo dedo entrara en el anillo. Todas se dispusieron a hacer la prueba, y hubo charlatanes que prometieron adelgazar los dedos, proponiéndose ganar algunos escudos, como aquellos que no teniendo ningún oficio ni sabiendo cómo vivir de su trabajo, se meten a curanderos para convertir en comida la lana que trasquilan al prójimo; joven hubo que rascó su dedo con un cuchillo; otra consintió en que cortaran carne del suyo para adelgazarlo y no faltó quien lo tuviera muchas horas comprimido ni tampoco quien lo sometiera al efecto de cierto líquido para que se lo dejara despellejado.

Diose principio a la prueba, comenzando por las princesas, a las que siguieron las duquesas, marquesas, condesas y baronesas, siendo el anillo demasiado estrecho para cuantos dedos se presentaron. Comparecieron las demás jóvenes, más todos los ensayos resultaron inútiles. Llególes el turno a las criadas y fregonas, pero el anillo quedose sin colocación, y creyose que el príncipe moriría de pena, pues sólo faltaba Pellejo de Asno y a ninguna persona sensata podía ocurrírsele que la porcallona estuviese destinada a ser reina.

—¿Por qué no? —exclamó el príncipe.

Todos sonrieron, pero el príncipe añadió:

—Entra, Pellejo de Asno, hágase la prueba.

Introducida la fregona a presencia de la corte, sacó de debajo de la asquerosa piel una manecita de marfil ligeramente sonrosada; hicieron la prueba, y el anillo se ajustó a su dedo de tal manera que los cortesanos no acertaban a volver de su asombro. Dijéronla que debía presentarse ante el rey y la aconsejaron con la sonrisa de la mofa en los labios que se pusiera otro vestido menos sucio. Pellejo de Asno fue a cambiarse de vestido, y cuando volvió a comparecer ante la corte, las burlonas risas se trocaron en exclamaciones de admiración, porque nadie recordaba haber visto belleza semejante, realzada por unos ojos azules, rasgados y de mirada dulce, pero llena de majestad. Sus rubios cabellos recordaban los rayos del sol; su talle la esbeltez de la palmera; sus diamantes deslumbraban y su traje era tan rico que no admitía comparación. Todos aplaudieron, en particular las señoras, y el rey estaba loco de contento al ver a la novia de su hijo; y si loco estaba el rey, no sabemos qué decir de la reina y, en particular, del enamorado príncipe.

Inmediatamente se dieron las órdenes para que se celebrara la boda y el rey convidó a todos los monarcas vecinos, quienes abandonaron sus Estados, montados unos en grandes elefantes, otros caballeros en corceles con arneses de oro y plata, y algunos se embarcaron en naves que tenían velas de púrpura. Pero aunque todos los príncipes rivalizaron en lujo para evidenciar su poderío, ninguno igualó al padre de la joven desposada, que ya había recobrado la razón. Grande fue su sorpresa y mayor su alegría al encontrar a su hija, a quien abrazó llorando de júbilo; y tanto como su sorpresa fue el contento del príncipe al saber quién era su novia. En aquel instante apareció la madrina, que contó todo lo ocurrido, y luego celebráronse las bodas y todos fueron dichosos.

Moraleja

A veces a rudas penas

el hombre se halla sujeto,

mas todas puede vencerlas

si de ello hay firme deseo.

Los sufrimientos abaten,

mas con voluntad de hierro

también logran dominarse

los más crueles sufrimientos;

y si acaso en este mundo

no encontramos el consuelo,

seamos firmes en la lucha,

nunca jamás desmayemos,

que lo que niegue la tierra

lo hallaremos en el cielo.

Pulgarcito

Éranse un leñador y una leñadora que tenían siete hijos, todos varones; diez años contaba el mayor y el menor siete. Sorprenderá que en tan corto intervalo tantos hijos hubiera tenido el leñador, pero con decir que casi todos eran gemelos, nada hay que extrañar.

Muy pobre era el matrimonio y sus siete hijos aumentaban su pobreza, pues ninguno de ellos se hallaba en edad de ganarse la subsistencia. El ser el más pequeño de complexión muy delicada, sin que jamás pronunciase palabra, daba pábulo a su tristeza, pues creían que era tontería lo que significaba bondad. Era muy pequeñito, y cuando nació era tan diminuto como el dedo meñique, lo que hizo que Pulgarcito se le llamara.

El pobre niño llevaba la carga en la casa paterna y de todo se le daba la culpa, lo que no era obstáculo para que entre sus hermanos fuese el más listo; y si hablaba poco, en cambio oía y escuchaba mucho.

En esto vino un año muy duro, y tan grande fue el hambre, que el pobre matrimonio resolvió deshacerse de sus hijos. Una noche que los niños estaban acostados y sentado el leñador cerca de su mujer al amor de la lumbre, le dijo con el corazón oprimido por el dolor:

—¡Ya lo ves! No nos es posible mantener a nuestros hijos; y como no puedo resolverme a verles morir de hambre aquí, estoy resuelto a llevarles mañana al bosque para que se extravíen, proyecto que podremos realizar fácilmente, pues mientras estarán ocupados en hacinar leña, lograremos escapar sin que de momento noten nuestra ausencia.

—¡Dios mío! Exclamó la leñadora, ¿serías capaz de hacer tal cosa con tu hijos?

En vano su esposo la hizo presente su extremada miseria, pues de pronto no hubo medio de convencerla, porque si bien era pobre, era madre. Mas habiendo reflexionado cuán horrible sería su dolor si les viese morir de hambre, consintió en lo que su dolor si les viese morir de hambre, consintió en lo que su marido le proponía y llorando fue a acostarse.

Pulgarcito se enteró de cuanto sus padres dijeron, pues en cuanto desde la cama le oyó hablar de cosas importantes, levantose y se deslizó debajo del taburete donde estaban sentados para escucharles sin ser visto. Volvió a meterse en cama, pero no pudo dormir en toda la noche pensando en lo que debía hacer. Levantose muy de mañana, fue a orillas de un arroyo, llenose los bolsillos de piedrecitas blancas y luego volvió a su casa. Poco después salieron todos, pero Pulgarcito nada dijo a sus hermanos de lo que sabía.

Fueron a un bosque tan espeso que nada se veía a diez pasos de distancia. El leñador se puso a cortar madera y sus hijos a recoger ramaje seco para hacer manojos. Cuando sus padres les vieron ocupados trabajando, se alejaron de ellos insensiblemente y luego echaron a correr, escapando por un sendero medio oculto.

Al notar los niños que estaban solos, comenzaron a gritar y a sollozar con todas sus fuerzas. Pulgarcito les dejaba gritar porque sabía cómo regresarían a su casa, pues al ir al bosque había dejado caer durante todo el camino las piedrecitas blancas que tenía en el bolsillo.

—Nada temáis, hermanos míos, les dijo. Nuestros padres nos han dejado aquí, pero yo os llevaré a casa si queréis seguirme.

Echaron a andar tras él y les llevó delante de su casa siguiendo el mismo camino que habían recorrido para ir al bosque. Al principio no se atrevieron a entrar, pero todos pegaron sus cabecitas a la puerta para oír lo que decían sus padres.

Al llegar el leñador y la leñadora a su casa, el señor de la aldea les envió diez escudos que les debía de mucho tiempo con los cuales ya no contaban. La cantidad devolvioles la vida, pues los infelices se morían de hambre. El leñador despachó inmediatamente a su mujer a la carnicería, y como hacía días no habían comido, compró tres veces más carne de la necesaria para la cena de dos personas. En cuanto estuvieron ahítos, la leñadora dijo:

¡Dios mío! ¿Dónde estarán nuestros hijos? ¡Con qué apetito comerían lo que ha sobrado! Tú eres quien ha querido perderlos, Guillermo, a pesar de decirte que nos arrepentiríamos. ¡Virgen santa! ¡Tal vez los lobos los hayan comido! ¡Cuán cruel has sido al querer deshacerte de tus hijos!

El leñador acabó por enfadarse, pues su mujer repitió más de veinte veces que ya había pronosticado que se arrepentirían de lo hecho, y la amenazó con pegarla si no callaba. Era tan grande el sentimiento del leñador como el de su esposa, pero su pena aumentaba con las recriminaciones. Además, gustaba, como tantos otros, de las mujeres que dan un buen consejo a tiempo, pero no de aquellas que pretenden haberlo dado cuando la cosa ya no tiene remedio.

La leñadora estaba anegada en llanto y repetía. ¡Dios mío! ¿Dónde están mis pobres hijos?

Una vez pronunció con tanta fuerza estas palabras, que las oyeron los niños que estaban arrimaditos a la puerta, y comenzaron a gritar todos a tiempo:

¡Estamos aquí! ¡Estamos aquí!

La madre corrió a abrir y les dijo al abrazarles:

—¡Hijos míos; con cuanta alegría vuelvo a veros! Estáis muy cansados y tenéis hambre.

¡Cómo estás puesto de barro, Periquito! Voy a quitártelo.

Periquito era el mayor y el más querido, porque como ella tenía el color algo rojizo.

Pusiéronse a la mesa, y con tanto apetito comieron que gozosos les estuvieron mirando sus padres, mientras los niños, hablando casi siempre todos a la vez, les referían el miedo atroz que habían pasado en el bosque. Los pobres leñadores estaban locos de alegría al verles a su lado, alegría que duró tanto como los diez escudos; pero cuando acabó el dinero, acabó el gozo; volvió a apoderarse de ellos la tristeza de antes y resolvieron deshacerse de sus hijos, si bien con el propósito de llevarles más lejos que la vez primera para acertar el golpe.

No lograron hablar de su plan con tanto sigilo que no les oyera Pulgarcito, quien resolvió tomar sus medidas como antes las había tomado; pero a pesar de haber madrugado mucho para ir a recoger piedrecitas blancas, no pudo realizar su idea porque la puerta estaba cerrada con doble vuelta de llave. Preocupado estaba sin saber qué hacerse; pero habiéndoles dado su padre un pedazo de pan a cada uno para desayunarse, se dijo que podía reemplazar las piedrecitas tirando migas por donde pasasen; y pensado esto, guardose el pan en el bolsillo.

Sus padres les llevaron al punto más espeso y oscuro del bosque; y al tenerles allí, los leñadores se escaparon por un caminito muy oculto. No fue grande la pena de Pulgarcito, porque creía poder encontrar con facilidad el camino siguiendo las migas que había sembrado por donde había pasado; pero desagradable fue su sorpresa cuando no pudo dar ni siquiera con restos del pan, pues los pájaros se lo habían comido.

Héte a los niños llenos de aflicción, pues cuanto más andaban, más se extraviaban por el interior del bosque. Llegó la noche y sopló un ventarrón que les llenó de miedo, porque creían que sus rugidos eran los de los lobos que se encaminaban hacia donde estaban para devorarles. Tanto era su espanto que ni se atrevían a hablar ni a volver la cabeza. Para colmo de males cayó un chaparrón que les caló hasta los huesos. A cada paso resbalaban y se metían en el fango, de donde se levantaban muy sucios y sin saber qué hacerse de sus manos.

Pulgarcito encaramose a lo alto de un árbol, deseoso de examinar los alrededores; y habiendo mirado a todas partes, vio muy lejos, más allá del bosque, una lucecita semejante a la de una vela. Bajó del árbol, y al llegar al suelo nada vio, lo que le llenó de pena. Siguieron andando a pesar de todo, procurando Pulgarcito orientarse y guiar a sus hermanos hacia el punto donde había visto la luz; y al cabo de algún tiempo salieron del bosque y volvió a verla.

Llegaron, por último, a la casa donde brillaba la lucecita, no sin haber pasado mucho miedo, pues la perdían de vista cada vez que se metían en algún fondo. Llamaron y una buena mujer les abrió la puerta preguntándoles que querían. Pulgarcito contestola que eran unos pobrecitos niños que se habían extraviado en el bosque y la rogaban les acogiese por caridad. Al verles tan lindos, la mujer se puso a llorar y les dijo:

¡Ah; pobres niños! ¿Dónde habéis venido? ¿Sabéis que esta es la casa de un Ogro que se come a los niños?

Al oír estas palabras, Pulgarcito, que lo mismo que sus hermanos se puso a temblar como hoja de árbol, exclamó:

—¡Dios mío! ¿Qué vamos a hacer? Si no queréis darnos acogida en vuestra casa, seguro que los lobos del bosque nos comerán; y como no escaparíamos de sus dientes, preferimos que nos coma el Ogro, quien tal vez se compadezca de nosotros si vos se lo rogáis.

La mujer del Ogro creyó que podría ocultarles a su esposo hasta la mañana siguiente, y les permitió entrar, llevándoles para que se calentaran a una buena lumbre en la que se estaba asando un carnero para la cena del Ogro.

Cuando principiaban a calentarse resonaron tres o cuatro golpes dados con fuerza en la puerta. Era el Ogro que volvía. Inmediatamente su mujer hizo ocultar a los niños debajo de la cama y fue a abrir la puerta. Lo primero que preguntó el Ogro fue si la cena estaba dispuesta y si había vino, y luego se sentó a la mesa. El carnero estaba a medio asar, pero esta circunstancia lo hizo más apetitoso para el Ogro. Olía a derecha e izquierda y decía que por allí había carne fresca.

—Hueles esa ternera que he preparado, le dijo su mujer.

—Huelo carne fresca, huelo carne fresca, repitió el Ogro mirando de través a su esposa; y hay en casa algo que no veo.

Al decir estas palabras se levantó de la mesa y se fue hacia la cama.

¡Ah! Exclamó; ¡querías engañarme, mujer maldita! No sé por qué no te como a ti también, pero te salva el estar tan dura. Tengo en estos niños carne fresca para obsequiar a tres ogros amigos míos, que deben venir a verme uno de esos días.

Les sacó debajo de la cama uno tras otro, y las pobres criaturas se arrodillaron pidiéndole perdón; pero tenían que habérselas con el más cruel de los ogros, quien lejos de sentir piedad por ellos, ya les estaba devorando con los ojos y decía a su mujer que constituirían un plato exquisito cuando les hubiese aderezado con una buena salsa.

Fuese en busca de un buen cuchillo y se acercó otra vez a los niños, afilándolo con una larga piedra que sostenía con la mano izquierda. Tenía ya asido un niño cuando su mujer le dijo.

—¿Qué quieres hacer a esta hora? ¿No quedará tiempo mañana?

—Cállate, gritó el Ogro; si espero a mañana, peor para ellos, pues pasarán una noche de miedo.

—Te se echaría a perder tanta carne, replicó la mujer, pues tienes una ternera, dos carneros y la mitad de un cerdo.

—Es verdad, dijo el Ogro. Dales cena abundante para que no enflaquezcan y llévales a la cama.

Llena de alegría dioles de cenar la buena mujer, pero el espanto no permitió a los niños probar bocado. El Ogro se puso de nuevo a beber; y muy satisfecho porque tenía carne fresca con que obsequiar sus amigos, apuró una docena de vasos más que de costumbre, exceso que le puso algo alegre obligándole a acostarse.

El Ogro tenía siete hijas de corta edad, las ogras tenían el color muy sano porque sólo comían carne fresca, como su padre, pero sus ojos eran grises y redondos, la nariz encorvada, la boca grande y los dientes muy agudos y separados. Aún no era muy malas, pero prometían serlo, porque ya mordían a los niños para chupar su sangre.

Las habían acostado temprano y las siete dormían en una cama muy ancha, teniendo cada niña una corona de oro en la cabeza. Había en el mismo cuarto otra cama tan grande como la primera, y en ella acostó la mujer del Ogro a los niños, hecho lo cual fuese a dormir.

Pulgarcito había observado que las hijas del Ogro llevaban coronas de oro, y temiendo que el padre no se arrepintiese de no haberles degollado cuando se proponía hacerlo, se levantó a eso de media noche, y tomando los gorros de dormir de sus hermanos y el suyo, acercose de puntillas a la otra cama, les puso con sumo cuidado los gorros a las siete hijas del Ogro, después de haberlas quitado las coronas de oro, que colocó en la cabeza de sus hermanos y de la suya para que el Ogro les tomara por sus hijas, y a éstas por los niños a quienes quería degollar. El resultado fue tal como había pensado, pues el Ogro despertó a eso de media noche, pesole haber aplazado para el día siguiente lo que pudo hacer la víspera; saltó bruscamente de la cama, y empuñando la cuchilla se dijo:

—Vamos a ver cómo están aquellos chiquillos y demos buena cuenta de ellos.

Subió a tientas al dormitorio de sus hijas y se acercó a la cama donde estaban los niños, que dormían todos, excepción hecha de Pulgarcito; y por cierto que grande fue su miedo cuando el Ogro le tocó la cabeza después de haber hecho lo mismo con sus hermanos. El Ogro, al tocar las coronas de oro, se dijo:

—Iba a hacer un disparate. Me convenzo de que ayer bebí demasiado.

Fuese enseguida a la otra cama, y habiendo tocado los gorros de dormir de los niños, murmuró:

—¡Ah! ¡Ah! ¡Ah! Aquí están los chiquillos. Vamos a la obra.

Al decir estas palabras degolló sin vacilar a sus siete hijas, y muy satisfecho volvió luego a acostarse.

—En cuanto Pulgarcito oyó los ronquidos del Ogro, despertó a sus hermanos y les dijo que se vistieran sin perder momento y le siguieran. Bajaron sin meter ruido al jardín y saltaron la tapia, corriendo toda la noche, siempre temblando y sin saber a dónde iban.

Habiendo despertado el Ogro, dijo a su mujer:

—Ve a arreglar a los chiquillos de ayer noche. Mucho sorprendió a la Ogra la bondad de su marido, no sospechando de qué manera quería que arreglase a los niños. Creyó de buena fe que se trataba de vestirles y fuese al cuarto, donde vio a sus siete hijas degolladas y nadando en un mar de sangre. Ante tal espectáculo cayó sin sentido, y en vista de su tardanza subió el Ogro para enterarse de lo que ocurría. Su asombro no fue menor que el de la esposa al encontrarse delante de espectáculo tan horroroso.

—¿Qué he hecho? ¿Qué he hecho?, rugía. —¡Me la pagarán! ¡Me la pagarán aquellos malditos!

Roció con agua la cara de su mujer, que recobró el sentido, y le dijo:

—Dame mis botas de siete leguas para que pueda atraparles.

Salió de la casa, y después de haber corrido mucho y en todas direcciones en busca de los niños, por último tomó por un camino que era el que seguían los hijos el leñador, que sólo distaban unos cien pasos de la casa de sus padres. Vieron al Ogro que pasaba de una montaña a otra montaña y atravesaba los ríos con tanta facilidad como si hubieran sido arroyos. Pulgarcito notó que cerca había una roca cóncava; ocultó en ella a sus hermanos y luego metiose él también dentro, pero siempre fija la mirada en el Ogro para observar todos sus movimientos. El Ogro estaba muy cansado a causa del mucho camino que había andado inútilmente, pues hay que saber que las botas de siete leguas fatigan de una manera extraordinaria a los que las llevan, y quiso reposar, sentándose por casualidad en la misma roca donde estaban escondidos los siete niños.

Su fatiga era extrema y durmiose al poco rato, roncando con tanto estrépito que el miedo de las pobres criaturas fue tan grande como cuando empuñaba la espantosa cuchilla para matarles. Pulgarcito no tuvo tanto miedo y dijo a sus hermanos que huyesen con presteza, refugiándose en su casa mientras el Ogro dormía a pierna suelta.

Siguieron su consejo y muy pronto estuvieron a lado de sus padres.

Pulgarcito se acercó al Ogro, quitole con suavidad las botas y se las puso. Las botas eran muy grandes y anchas, pero como estaban encantadas, tenían el don de ensancharse o estrecharse según era quien las llevaba, de manera que quedaron tan ajustadas a sus piernas y a sus pies como si para él se hubiesen hecho. Cuando tuvo las botas puestas fuese a la corte donde sabía que era grande la inquietud porque no se tenían noticias de un ejército que estaba a doscientas leguas, ni de la batalla que se había dado. Fuese en busca del rey y le dijo que si quería le traería nuevas del ejército antes de terminar el día. El rey le prometió una fuerte cantidad de dinero si hacía lo que prometía. Pulgarcito cumplió, pues aquella misma noche volvió a la corte y el rey supo cuanto quiso saber de su ejército. Habiendo desempeñado de una manera tan admirable su oficio de correo, ganó todo el dinero que quiso, pues el rey le pagó con esplendidez para que llevase sus órdenes al ejército; y todos los de la corte que desearon tener noticias de personas ausentes, de él se sirvieron, recompensándole con largueza.

Después de haber servido durante algún tiempo de correo y de haber reunido mucho dinero, volvió a casa de sus padres, cuya alegría al verle no puede referirse. Pulgarcito cuidó de que toda la familia viviese con holgura, procurando buenas colocaciones a su padre y a sus hermanos, de modo que la miseria desapareció por completo de aquella casa y en ella reinó la dicha, gracias a aquel niño que antes era el más desdeñado.

Moraleja

La miseria no os abata

ni os amilanen las penas,

que los días buenos vienen

tras los días de tristeza.

Para dejar de este cuento

completa la moraleja,

os diré que Pulgarcito

objeto fue de la befa

de todos, porque callado

y muy raquítico era;

y con serlo, a su familia

libró de extrema miseria

salvando a sus hermanitos

del Ogro, de aquella fiera.

De nadie os moféis, de nadie,

que muchas veces alienta

dentro un raquítico cuerpo

una alma grande y bella.

Roquete del copete

Cierta reina tuvo un hijo tan feo que durante mucho tiempo dudose si había algo de humano en su forma. Una Hada que estaba presente cuando nació, aseguró que sería amable porque tendría mucho talento, añadiendo que en virtud del don que acababa de hacerle podría dotar de cuanto ingenio quisiera a la persona a quien más amara.

Esto consoló un poco a la pobre reina, muy afligida por ser madre de un niño tan horroroso. En cuanto comenzó a hablar dijo cosas muy agradables, y tanta era su gracia en todo que no había quien no deseara oírle y verle. Olvidé consignar que nació con un mechoncito en la cabeza, a lo que se debió que se le conociera por Roquete del Copete, porque Roquete era el nombre de la familia.

Al cabo de siete u ocho años, la reina de un país vecino tuvo dos hijas gemelas. La que nació primero era más hermosa que el lucero, y tanta fue la alegría de la reina que se temió que enfermara de gozo. La misma Hada que había asistido al nacimiento de Roquete del Copete asistió al de la princesa, y para moderar el júbilo a la madre le dijo que la princesa no tendría talento y sería tan estúpida como bella. Esto mortificó mucho a la reina, pero poco después aumentó su pena porque la segunda hija que vino al mundo era por todo extremo fea.

—No os aflijáis, le dijo la Hada, pues vuestra hija tendrá otras cualidades, ya que le falta la belleza; y tanto será su talento que nadie advertirá que no sea hermosa.

—Dios lo quiera, contestó la reina. Pero, decidme, ¿no habría medio de que tuviese algo de talento la mayor, que es tan bella?

—Nada puedo hacer por ella, por lo que al talento se refiere, contestó la Hada, pero todo me es posible respecto a la belleza; y como estoy dispuesta a todo por complaceros, le concedo el don de poder transformar en un ser hermoso a la persona a quien quiera hacer tal gracia.

A medida que las dos princesas crecieron, sus perfecciones aumentaban y sólo se hablaba de la belleza de la mayor y del talento de la menor. Verdad es que sus defectos tomaron mayores proporciones con la edad, pues la una era cada vez más fea y más estúpida la otra. O dejaba sin respuesta las preguntas que se le hacían o contestaba una necedad; y era tan torpe que no podía tocar un objeto sin romperlo ni beber un vaso de agua sin derramar la mitad sobre sus vestidos.

Aunque la belleza sea una gran cualidad para una joven, preciso es confesar que la otra llevaba en todo la ventaja a su hermana. Primero iban los cortesanos al lado de la más hermosa por verla y admirarla, pero luego se acercaban a la que tenía más ingenio para oírle decir mil cosas agradables; de suerte que a los quince minutos la mayor estaba completamente sola y todo el mundo rodeaba a la menor. La primera, aunque muy estúpida, no dejó de observar lo que pasaba, y sin sentimiento hubiera dado toda su belleza por tener la mitad del talento que su hermana. La reina, a pesar de ser muy prudente, reprendiola varias veces por sus necedades, reproches que mataban de pena a la pobre princesa.

Un día que se retiró a un bosque para llorar su desgracia, vio dirigirse a donde estaba a un hombre bajo de estatura, muy feo y de aspecto desagradable, pero con mucha magnificencia vestido. Era el joven príncipe Roquete del Copete, que se había enamorado de ella a la vista de los retratos de la princesa, que se encontraban en todas partes, y había abandonado el reino de su padre para proporcionarse la dicha de verla y hablarla. Lleno de contento al hallarla sola, se aproximó a ella con todo el respeto y finura imaginables. Habiendo observado, después de haberla saludado, que estaba dominada por la melancolía, le dijo:

—No comprendo, señora, cómo es posible que una persona tan bella como vos pueda estar tan triste como parece lo estáis; pues si bien he visto muchas mujeres hermosas, su belleza ni siquiera logra compararse a la vuestra.

Eso lo decís porque sí, contestó la princesa, sin añadir otra palabra.

—La belleza, continuó Roquete del Copete, es un don tan precioso que debe suplir los demás; y no acierto a comprender que haya cosa que pueda afligir cuando se posee la hermosura.

—Preferiría, dijo la princesa, ser tan fea como vos y tener talento, a estar dotada de belleza y ser tan tonta como soy.

—La señal más segura de que se tiene talento es creer que de él se carece, pues con él sucede que cuanto más extraordinario es, mayor es la convicción de que no lo tiene el que de él está dotado.

—Ignoro si es exacto lo que decís, replicó la princesa; pero lo que sé es que soy muy tonta, y esto explica la pena que me mata.

—Sí sólo eso os apesadumbra, dijo Roquete del Copete, puedo poner término a vuestra pena.

—¿De qué manera?, preguntó la princesa.

—Porque puedo conceder el don del talento a la persona que más ame; y como vos sois, señora, esta persona, de vos depende el tener talento, a condición de casaros conmigo.

La princesa quedose en la mayor confusión sin saber qué contestar.

—Observo, le dijo Roquete del Copete, que mi proposición os disgusta, y como no me sorprende, os concedo un año completo para resolver.

Era tan tonta la princesa como grande su deseo de dejar de serlo, y temiendo que nunca llegase el término de aquel año que de plazo se le concedía, aceptó la proposición que se le hacía. En cuanto hubo prometido a Roquete del Copete casarse con él al cabo de un año, día por día, sintiose completamente transformada y con increíble facilidad para expresar sus ideas con delicadeza, naturalidad y finura. Comenzó por tener una conversación muy sostenida con Roquete del Copete, que creyó haber concedido más talento que para él se había reservado.

Cuando estuvo de regreso en palacio, grande fue la sorpresa de la corte entera, que no sabía cómo explicarse un cambio tan repentino y extraordinario, pues si antes decía necedades, ahora discurría con mucho seso y gracia extremada. La alegría fue grande, y el rey comenzó a guiarse por lo que le decía su hija, hasta tal punto que algunas veces el consejo se reunió en sus habitaciones. La noticia de la transformación circuló con rapidez y todos los jóvenes príncipes de los reinos vecinos intentaron enamorarla y casi todos la pidieron en matrimonio, pero no halló uno que tuviere bastante talento; y si bien los escuchaba a todos, con ninguno se comprometía. Pero presentose uno tan poderoso, tan rico, tan inteligente y tan humano, que no pudo dominar cierta inclinación por él. Notolo su padre y le dijo que la dejaba libre la elección de esposo, y que no tenía más que hacer sino decir el nombre del preferido; pero como las personas de talento son las que más vacilantes se muestran en esta cuestión, después de haber dado las gracias a su padre, pidiole tiempo para reflexionar.

Por casualidad fue cierto día a pasear por el mismo bosque donde había encontrado a Roquete el del Copete, y al dirigirse a aquel punto solitario tuvo el propósito de discurrir más a sus anchas respecto a lo que debía hacer. Mientras estaba paseando completamente sumida en sus pensamientos, oyó debajo de sus pies un ruido sordo, como producido por varias personas que van, vienen y trabajan. Habiendo escuchado con más atención oyó que decían:

—Trae esa marmita.

—Dame aquella caldera.

—Pon leña en el fuego.

La tierra se abrió en aquel instante y vio a sus pies una especie de cocina muy grande poblada de cocineros, marmitones, pinches y toda la gente necesaria para preparar un magnífico festín. Apareció una banda compuesta de veinte o treinta cocineros, y todos ellos, la mechera en la mano, fueron a un claro del bosque, se situaron alrededor de una larguísima mesa y comenzaron a trabajar a compás y al son de un canto armonioso.

Admirada de este espectáculo, preguntoles la princesa para quién trabajaban, y el que parecía ser jefe de los cocineros, le contestó:

—Trabajamos para el príncipe Roquete el del Copete, cuyas bodas se celebran mañana.

En aumento fue su sorpresa al oír la respuesta, pues recordó de pronto que hacía un año, día por día, que había prometido casarse con el príncipe Roquete el del Copete; y tal fue la impresión que le produjo la noticia, que poco faltó para que se quedara petrificada. El no acordarse de lo prometido se debía a que cuando hizo la promesa era una tonta, y al sentirse dotada del ingenio que el príncipe le había concedido, había olvidado todas sus necedades.

Apenas hubo dado treinta pasos continuando su paseo, cuando se le presentó Roquete el del Copete, bien compuesto y con magnificencia vestido, como conviene a un príncipe que va a casarse.

—Cumplo mi palabra con exactitud, le dijo, y tengo la seguridad de que habéis venido aquí para cumplir la vuestra y hacerme el más dichoso de los hombres al concederme vuestra mano.

—Os contestaré con franqueza, murmuró ella, que aún no he tomado una resolución sobre el particular y que me parece que nunca podré tomarla tal cual la deseáis.

—Vuestras palabras me sorprenden, señora, le dijo Roquete el del Copete.

—No me extraña, repitió la princesa; y si la persona con quien estoy hablando fuera un hombre brusco, un necio, me hallaría en situación muy embarazosa. Una princesa no puede faltar a su palabra, me diría, y debéis casaros conmigo puesto que me lo habéis prometido; pero como vos sois el hombre de más ingenio del mundo, tengo la seguridad de que me haréis justicia. Sabéis que cuando era una necia, a pesar de serlo no podía resolverme a ser vuestra esposa; ¿cómo es posible que teniendo el ingenio que me habéis dado, ingenio que ha hecho más delicado mi gusto por lo que a las personas se refiere, pueda hoy tomar una resolución que entonces no logré adoptar? Si estáis del todo resuelto a casaros conmigo, os diré que no debíais privarme de mi necedad ni darme ingenio para ver las cosas con exquisito criterio.

—Roquete contestó: si confesáis que un hombre sin talento tendría el derecho de reprocharos vuestra falta de palabra, ¿cómo queréis que de él no use tratándose de la felicidad de mi vida entera? ¿Es razonable que las personas dotadas de ingenio sean de peor condición que las necias? ¿Podéis sostener tal cosa, vos, dotada de tanto talento y que tanto habéis deseado tenerlo? Pasemos al hecho, si no os desagrada. Prescindiendo de mi fealdad, ¿hay algo en mí que os disguste? ¿Estáis descontenta de mi cuna, de mi ingenio, de mi carácter o de mis maneras?

—No, por cierto, dijo la princesa; en vos me gusta cuanto acabáis de citar.

—Siendo así, seré dichoso, porque podéis transformarme en el más hermoso de los hombres.

—¿Cómo puedo hacerlo?, preguntó la princesa.

—Será si me amáis bastante para desear que sea. Para que no dudéis de lo que digo, sabed, señora, que la misma Hada que el día de mi nacimiento me concedió el don de poder convertir en persona de talento a la que amara, también a vos os concedió el de poder dotar de hermosura al que améis y queráis conceder tal favor.

—Si es así, exclamó la princesa, deseo de todo mi corazón que os convirtáis en el hombre más bello y simpático. En todo lo que de mí dependa, os concedo el don.

Apenas hubo pronunciado estas palabras, cuando Roquete el del Copete transformose en el príncipe más hermoso y simpático el mundo. Hay quien dice que no fueron los encantos de la Hada los que operaron la metamorfosis, y afirma que al amor se debió; añadiendo que habiendo reflexionado la princesa sobre la perseverancia de su novio, su discreción y buenas cualidades de su alma, no vio la deformidad del cuerpo ni la fealdad del rostro; que su giba pareciole efecto natural de la actitud que imprime al cuerpo el hombre que se da importancia, y que en su cojera sólo notó un encantador dejo en el andar. Dicen también que a pesar de ser bizco convenciose de que sus ojos eran hermosos, y que su defectuoso mirar pareciole efecto de la fuerza con que expresaba su amor; y, por último, que en su nariz gruesa y roja vio algo marcial y heroico.

Sea lo que fuere, la princesa le prometió allí mismo casarse con él mientras obtuviera el consentimiento del rey su padre, que al saber que su hija quería mucho a Roquete el del Copete, de quien había oído hablar como de un príncipe de extraordinario talento y prudencia, accedió con mucha alegría a la petición que hizo. Al día siguiente celebrose la boda, como había previsto Roquete el del Copete; y con arreglo a las órdenes que había dado con mucha anticipación se verificaron los festejos.

Moraleja

Puedes decir con certeza

que lo amado es siempre bello,

pues del amor el destello

a todo infunde belleza;

añade que la hermosura

vale mucho, mas no tanto

como el ingenio; el encanto

más precioso y que más dura.

Grisélida

No lejos de los Alpes vivía un príncipe, joven y bravo, en quien la naturaleza había agotado sus dones, y de todos muy amado. Su instrucción era distinguida, su valor en la guerra le había ganado justa fama y su afición a las Bellas Artes era mucha. A fuer de hombre de elevados sentimientos, deseaba realizar grandes proyectos y cuanto puede hacer digno a un príncipe de ocupar un puesto privilegiado en las páginas de la historia, distinción que se propuso merecer dedicándose con predilección a labrar la felicidad de su pueblo, par parecerle esta gloria más sólida que la que se conquista en los campos de batalla. Pero tenía el príncipe un defecto, cosa nada rara, pues la imperfección es difícil si no imposible. Y consistía en su monomanía contra las mujeres, porque en ellas solo veía engaño y perfidia. Otros tienen tal preocupación, necia y vulgar, que, por lo visto, también puede alcanzar a los grandes de la tierra. Por tal idea dominado hizo el propósito de permanecer soltero, con gran disgusto de sus súbditos, quienes, por lo demás, estaban de él muy contentos, pues empleaba la mañana en el despacho de los negocios del Estado, procurando administrar recta justicia, amparar a los débiles, a las viudas y a los huérfanos y disminuir los impuestos. La tarde la dedicaba a la caza.

Temerosos sus súbditos de que al morir tan buen príncipe no hubiese quien le sucediera en el trono, resolvieron enviarle una diputación para suplicarle que se casara. Buscose el mejor de los oradores para que pronunciara el discurso. El elegido pasó muchos días estudiando lo que había de decir al príncipe, y, por último, le soltó la arenga delante de los comisionados, pronunciándola con aire grave y diciéndole, en resumen, que la felicidad del Estado exigía que contrajera matrimonio.

El príncipe contestó:

—Vuestras palabras patentizan vuestro afecto, y deseo complaceros; pero debéis tener presente que el matrimonio es asunto delicado, pues muchas jóvenes, modestas, pudorosas y buenas al lado de sus padres, se transforman una vez casadas, y se convierten en malas cualidades las que antes eran excelentes. La cándida se trueca en coqueta, la prudente en alborotadora, la que era alegría de su casa en infierno de la del marido; la económica en derrochadora, la modesta en imperiosa, y la que no osaba levantar la voz en el hogar paterno, quiere mandar en absoluto en el del esposo. Me espantan tales defectos; pero como quiero contentaros, buscad una joven beldad sin orgullo, sin vanidad, obediente, que no tenga más voluntad que la de su marido, y cuando hayáis dado con ella, será mi esposa.

Dada la respuesta, el príncipe montó a caballo, y a escape dirigiose en busca de su traílla, que se había adelantado y le esperaba en la llanura. En cuanto llegó, soltáronse los perros, resonaron las trompas y comenzó la cacería, ganándoles a todos en ardor; y tanto fue este y tanto se alejó de su comitiva, que al detener el caballo cubierto de sudor después de una vertiginosa carrera, observó que estaba solo y que no oía los ladridos de los perros ni los ecos de las trompas.

Hallose en un sitio encantador, donde los arroyuelos murmuraban, las flores del prado perfumaban el ambiente y los verdes árboles daban fresca sombra; y mientras estaba extasiado en la contemplación de la naturaleza, apareció a su vista una joven; y tal efecto le produjo, que creyó eran los ojos del corazón los que la miraban, no los del cuerpo. La joven era una pastora que estaba apacentando su rebaño y mientras tanto hilaba a orillas de un arroyo. Su tez era blanca, sus mejillas recordaban las rosas, sus labios el clavel, sus ojos el azul del cielo y su mirada la luz de las estrellas.

El príncipe no se cansaba de mirarla; dirigiose hacia ella, y como al ruido levantase la cabeza y le viera, de tal manera tiñose de grana su rostro, que el príncipe creyó que aquel día la aurora se había asomado dos veces al horizonte. Debajo de su rubor el príncipe descubrió una sencillez, una dulzura, una sinceridad de que había creído incapaz al bello sexo, y presa de una emoción por él hasta entonces desconocida, se acercó con timidez a la pastora y le dijo:

—He perdido de vista a mis compañeros. ¿Podríais decirme si la cacería ha pasado por aquí?

—No, señor, contestó la joven; pero os enseñaré un camino que os llevará al lado de vuestros amigos.

—Gracias, bella joven, añadió el príncipe. Muchas veces he estado en estos lugares, pero hasta ahora no he sabido ver lo más precioso que hay en ellos.

Al decir estas palabras, inclinose para beber en el arroyo y apagar la ardiente sed que le devoraba.

—Esperad un momento, añadió ella.

Saltando como un jilguero, fue a su cabaña y volvió con la sonrisa en los labios ofreciendo al príncipe un vaso que, con ser de barro, pareciole más precioso que los de oro y plata. Luego de haber bebido guiole la pastora a través del bosque, fijándose el príncipe en el sitio por donde pasaban, porque deseaba ver de nuevo a la joven. Por último, descubrieron la llanura y a lo lejos el palacio del príncipe, quien se separó de la pastora no sin tristeza; y en ella pensando, a paso lento se encaminó a su suntuosa morada. Tan grabada tenía su imagen en su corazón, que al día siguiente salió a cazar más temprano que de costumbre, y guiándose por sus recuerdos, dio con el arroyo, con el rebaño y con la pastora.

Trabó conversación con ella y supo que era huérfana de madre y vivía con su padre, siendo su nombre Grisélida. De los frutos de la tierra se alimentaban y de la leche de las ovejas, cuya lana hilaba, tejiéndose los vestidos sin recurrir para nada a la ciudad. A medida que oía a la joven, la llama del amor iba en aumento en el corazón del príncipe, porque se le aparecían las bellezas del alma de la pastora. Con sentimiento despidiose de ella, y al llegar a su palacio mandó reunir su consejo y le dijo:

—Mis pueblos quieren que me case, y accediendo a sus deseos, he buscado la mujer que ha de compartir conmigo el trono. Entre vosotros la he hallado y es hermosa, prudente y honesta. Al elegirla de este país, he hecho lo que mis antepasados muchas veces hicieron. No os diré quién es la preferida hasta el día de la boda.

La noticia cundió con tanta rapidez que al poco rato no hubo quien la ignorara, siendo general la alegría y grande la satisfacción del orador que había expuesto al príncipe la conveniencia de casarse, pues atribuía únicamente a su discurso el mérito de la resolución. Cada joven creyó que ella era la elegida y todas se vistieron con coquetería, hablaron con melindre y se peinaron con esmero. Comenzaron lo preparativos para los festejos públicos; se levantaron arcos, se construyeron preciosos carros triunfales, se prepararon castillos de fuegos artificiales y se anunciaron funciones gratuitas.

Por fin llegó el tan esperado día de las bodas, y antes de amanecer ya estaba todo el mundo levantado, en particular las jóvenes casaderas, que esperaban la llegada del mensajero que debía pronunciar el nombre de la elegida. El pueblo lanzose a la calle, donde los soldados mantenían la circulación. Resonaron músicas, clarines y tambores en el palacio, y por último salió el príncipe rodeado de su corte, siendo acogido por entusiastas aclamaciones. Siguiéronle todos con la mirada, y general fue la sorpresa al verle salir de la ciudad y dirigirse al vecino bosque como tenía por costumbre todos los días. La alegría trocose en desencanto, pues el pueblo supuso que, dominado por su pasión por la caza, había dado al olvido la boda.

La sorpresa de la corte no era menor que la del pueblo, y fue en aumento cuando el príncipe se internó en lo más profundo del bosque. Al llegar delante de la cabaña de la pastora, se detuvo. En aquel entonces salía Grisélida con un vestido nuevo, pues hasta ella había llegado la noticia del casamiento y quería ir a la ciudad para ver los festejos.

—¿A dónde vais?, le preguntó el príncipe con amoroso y dulce acento, mirándola tiernamente. No apresuréis el paso, pues la boda no puede realizarse sin vos. Yo soy el príncipe y os he elegido entre todas las bellezas de este país para pasar con vos el resto de mis días, si mi corazón halla correspondencia en el vuestro.

Llena de asombro y dominada por la emoción, la pastora balbuceó:

—¡Ah señor; cómo he de creer que sea cierto lo que decís, si soy una humilde campesina!

—Pero reináis en mi corazón. Vuestro padre, a quien he hablado, consiente en que seáis mi esposa, y para la boda sólo falta vuestro consentimiento. Deseoso de que la tranquilidad impere en mi hogar, os ruego juréis que nunca tendréis otra voluntad que la mía.

—Lo prometo y lo juro, contestó ella. Aunque me hubiese casado con el último aldeano, su yugo me sería dulce y en todo le obedeciera. ¡Cuánta no será mi obediencia si hallo en vos mi señor y mi esposo!

La corte aplaudió la elección. Las señoras que formaban parte de la comitiva entraron con Grisélida en la cabaña y la pusieron los vestidos que llevan las novias de los reyes; y todas se esmeraron en su obra, admirando mientras tanto el aseo de aquella pobre morada, que se cobijaba a la sombra de un plátano y parecía una mansión llena de encantos.

Al aparecer Grisélida, todos aplaudieron y celebraron su belleza realzada por el rico traje; pero el príncipe casi casi hubiera preferido verla con los sencillos vestidos de pastora. Los novios tomaron asiento en un soberbio carro de oro y de marfil y el príncipe mostrose más orgulloso al lado de Grisélida que cuando hacía su entrada triunfal después de haber obtenido una victoria. Seguidos de la corte se pusieron en marcha, y antes de llegar a la ciudad encontraron a todos sus habitantes que se habían esparramado por la llanura esperando con impaciencia el regreso. El carro rodaba con dificultad por entre la inmensa muchedumbre, que en cuanto pasaban los novios se unía a la comitiva que avanzaba en medio de incesantes aclamaciones, tan ruidosas que muchas veces llegaron a espantar a los caballos.

Celebrada la boda fueron a palacio y comenzaron las fiestas, tan magníficas que de otras iguales no había memoria. Grisélida, rodeada de sus damas, hablaba sin orgullo, pero como si hubiese nacido princesa; y en todo demostró tanta circunspección que no hubo quien no la admirara. Ajustó sus maneras a las de la corte, procuró estudiar el carácter de cuantos la rodeaban, y al poco tiempo los gobernaba con la misma facilidad que antes guiaba su rebaño.

Antes de terminar el año, el cielo bendijo su unión y nació una princesa. Hubieran preferido sus padres un varón, pero tantos eran los encantos de la niña que en ella concentraron todo su cariño. El príncipe no se cansaba de mirarla y la madre no apartaba de ella los ojos. Grisélida empeñose en ser su nodriza, diciendo que nadie como ella criaría a su hija.

Fuese que su pasión hubiese disminuido o que la mala idea que antes se tenía formada de las mujeres se hubiese renovado, creyó el príncipe que había poca sinceridad en las palabras y en los actos de su esposa, y comenzó a observarla primero, a vigilarla después, a contrariarla luego; acabando por mostrarse tan extremado que no la permitió salir del palacio ni consintió que tomase parte en los placeres de la corte. Como si esto no fuera bastante, la tuvo encerrada en su aposento, mostrándose desconfiado hasta de la luz del día, que sólo consintió entrara a medias; y, por último, pidiole de una manera brusca que le entregara todas las joyas que como prueba de amor le había regalado el día de su boda para que no realzara con adornos su natural belleza. Grisélida se las dio con el mismo placer con que las había recibido, porque se dijo que entonces, como ahora, complacía a su marido, cuya voluntad debía ser suya.

—Mi esposo y señor, pensó, me mortifica por ponerme a prueba, y hace bien, puesto que en medio de los placeres podría debilitarse mi virtud. Si tal no es el propósito de mi marido, bendito sea Dios que prueba mi constancia y mi fe, a cuya suprema bondad soy deudora de que por medio de tantas contrariedades quiera corregir mis defectos. Bendito sea ese rigor, que por más que me haga sufrir es tan provechoso; y bendita sea la bondad paternal de Dios y la mano de que se sirve para mi salvación!

A pesar de que Grisélida obedecía sin replicar todas las órdenes del príncipe, éste se decía:

—Su virtud es fingida y su hipócrita resignación se debe a que no la he herido en lo que ama. Su hija ha de vencerla.

Entró en su cámara y hallola que estaba jugando con la princesita después de haberla amamantado.

—Mucho la amas, murmuró su marido, pero es necesario que te separes de ella porque quiero que desde la más tierna edad se formen sus costumbres y, además, preservarla de ciertos defectos que a tu lado podría adquirir. Su buena suerte ha querido que encontrase una dama de talento que sabrá infundir en su alma todas las virtudes y darle la educación que corresponde a una princesa. Por lo tanto disponte a separarte de tu hija, pues en breve vendrán por ella.

Pronunciadas estas palabras salió el príncipe de la estancia, pues no tuvo el corazón bastante duro para presenciar el cumplimiento de sus órdenes y ver cómo arrebataban la única prenda de su amor a Grisélida, que llorando y abatida esperó el fatal momento. Cuando apareció la persona encargada de dar cumplimento al mandato del príncipe, la infeliz madre murmuró:

—Es necesario obedecer.

Abrazó a su hija; pareció querer devorarla con la mirada, besola con la efusión del cariño maternal y llorando a mares se separó de ella.

Cerca de la ciudad había un monasterio famoso por su antigüedad, habitado por monjas sujetas a una regla austera y regidas por una abadesa ilustre por su piedad. Allí fue llevada la niña sin declarar su nombre ni cuna; si bien algunas preciosas alhajas que se la hallaron, indicaron que no quedarían sin recompensa los cuidados que se la prodigaran. El príncipe se entregó con más ardor que antes a los violentos ejercicios de la caza para ahogar la voz de su conciencia, que le reprendía su crueldad, y cuando volvió a presentarse delante de su esposa lo hizo con el recelo del que va a hallarse enfrente de una fiera a la que ha arrebatado sus pequeñuelos; pero Grisélida le recibió con la misma ternura y tuvo para él sonrisas tan dulces como en los mejores días de su felicidad. Tal proceder conmoviole, mas logró la desconfianza dominarle; y dos días después, queriendo sujetar a su esposa a más rudas pruebas, le dijo con fingido sentimiento que su hija había muerto.

Tan funesto fue el efecto producido por la terrible nueva, que el príncipe sintió por un instante el vehemente deseo de poner término al dolor de Grisélida diciéndola que la noticia era inexacta; pero siempre desconfiado, quedaron vencidos los nobles ímpetus de su corazón. La infeliz princesa procuró hacerse superior a sus penas y mostrarse cada vez más amante con su marido.

Quince años transcurrieron sin que nada turbase la paz perfecta en que vivían, mostrándose ambos igualmente cariñosos, luego si alguna vez el príncipe la contrariaba era para mostrarse después más enamorado; y mientras tanto creció la joven princesa, hermosa, reflexiva, dulce, candorosa, vivo retrato de su encantadora madre, a cuyas cualidades reunía las nobles de su ilustre padre. Viola por casualidad un joven cortesano, de alta prosapia, superando a la cuna la belleza y los dotes, y de ella enamorose locamente. Adivinó la princesa el amor que inspiraba, y transcurrido algún tiempo, también ella acabó por enamorarse. Quiso la casualidad que el príncipe hubiese fijado la atención en el joven y deseara casarlo con su hija; pero siempre desconfiado, se propuso ponerle a prueba y discurrió de la siguiente manera:

—Quiero hacerles dichosos casándoles, pero antes es necesario que la zozobra y el temor les hagan apreciar en todo su valor su felicidad. Al mismo tiempo realzaré por medio de la piedra de toque del sufrimiento la paciencia de mi esposa, no ya, como hasta el presente, para tranquilizar mi loca desconfianza, puesto que no me es posible dudar de su amor, sino para que su bondad, su dulzura, su admirable prudencia brillen a los ojos de todo el mundo y todos la respeten al admirar sus nobles y extraordinarias cualidades.

Inmediatamente manifestó a la corte que habiendo muerto la hija nacida de su matrimonio, que calificó de loco, y no teniendo, por lo tanto, sucesión, quería tomar esposa de ilustre cuna para asegurar un sucesor al Estado, añadiendo que la futura princesa había sido educada en un convento.

Terrible fue la nueva para los jóvenes amantes. El príncipe dijo acto seguido a Grisélida que era necesaria la separación para evitar mayores desgracias, pues indignado el pueblo de su humilde cuna le obligaba a contraer más ilustre alianza.

—Es necesario, añadió el príncipe, que volváis a vuestra cabaña, vistiendo antes las ropas de pastora que he mandado prepararos.

La princesa oyó pronunciar su sentencia procurando mostrarse resignada y sin despegar los labios para quejarse; y si bien hizo grandes esfuerzos para que su rostro permaneciese tranquilo, no pudo impedir que gruesas lágrimas rodasen por sus mejillas.

—Sois mi marido y señor, le dijo lanzando un suspiro y próxima a desmayarse, y por terribles que sean vuestras palabras, he de demostraros que nada me es tan querido como la obediencia cuando de vuestras órdenes se trata.

Inmediatamente después retirose a sus habitaciones, y despojándose de sus ricos trajes, con la frente serena y sin murmurar, volvió a vestir el de pastora. Luego dijo al príncipe:

—No puedo alejarme de vuestro lado sin que me perdonéis por no haber sabido satisfacer todos vuestros deseos. Nada me importa la miseria, pero no puedo acostumbrarme a la idea de vuestro desprecio. Perdonadme y viviré contenta en mi pobre cabaña, sin que jamás disminuyan el respeto y el amor que os profeso.

Tanta sumisión y grandeza de alma reveladas debajo de un humilde traje, impresionaron con fuerza al príncipe, que sintiendo avivarse la llama de su pasión tan fuerte como en los primeros días, dio un paso para abrazar a Grisélida; pero se contuvo deseoso de no ceder hasta el último momento, y contestó con acento duro:

—He dado al olvido lo pasado. No me disgusta vuestro arrepentimiento. Podéis iros.

Fuese Grisélida, apoyada en el brazo de su padre, que también había vuelto a tomar sus humildes vestidos, derramando ambos en silencio amargas lágrimas.

—Volvamos a nuestra cabaña, le dijo Grisélida, y abandonemos sin pesar la pompa de los palacios. No hay tanta magnificencia en nuestra pobre morada, pero en cambio nos brinda con la tranquilidad y con la paz.

Apenas hubo llegado a la casita donde nació, volvió a hilar y a apacentar su rebaño, sentándose a orillas del arroyo donde por primera vez la había visto el príncipe. Con frecuencia levantaba los ojos al cielo para pedirle que colmara de dichas, riquezas y gloria a su esposo. El príncipe mandó llamarla y le dijo:

—Grisélida: quiero que la princesa con quien me caso esté contenta de vos y de mí. Mañana es la boda y os ordeno que me ayudéis para que nada turbe su alegría y sepa cuáles son mis deseos a fin de que pueda complacerme. Dispondréis sus habitaciones, teniendo en cuenta que se trata de una joven princesa a la que amo tiernamente; y para que os convenzáis de que es digna de mi cariño, quiero que la admiréis.

Vio Grisélida a la joven y pareciole que veía a la aurora, sintiendo su corazón afectos tan dulces como inexplicables. Al ver aquel hermoso rostro recordó los días felices que ya habían pasado, y murmuró:

—Si mi hija no hubiese muerto sería tan bella como ella y tendría su edad.

Este recuerdo de madre despertó en su pecho tal amor por la joven, que dijo al príncipe con acento conmovido:

—Permitidme, señor, os indique que esta encantadora princesa que va a ser vuestra esposa, educada en medio de todos los regalos, no podrá vivir a vuestro lado como yo he vivido, sin que la muerte ponga término a vuestra felicidad. Nacida en humilde cuna, todo lo he sufrido; pero una palabra dura o seca a ella la mataría.

—Cuidad de lo que os importa, le contestó el príncipe con rudeza, y cumplid mis órdenes. No consiento que una pastora me recuerde mis deberes.

A estas palabras Grisélida bajó los ojos sin pronunciar palabra.

Invitada la corte a la boda, todas las damas y todos los caballeros se reunieron en un magnífico salón. Presentose el príncipe, y les dijo:

—Muy engañadora es la esperanza, pero aún lo es más la apariencia, y si alguien lo duda pronto se convencerá de cuán cierto es lo que digo. Todos estáis convencidos de que rebosa contento el corazón de la joven princesa que va a ser mi esposa. Apariencia engañadora. Creéis que este joven, valiente en batallas, de ilustre estirpe, ve con satisfacción la boda de su príncipe. Apariencia engañadora. Suponéis que Grisélida llora en estos momentos presa de la mayor desesperación. Apariencia engañadora también, pues Grisélida inclina la cabeza ante la voluntad de su señor y nada ha podido agotar su paciencia. Por último, no hay entre vosotros quien no tenga la íntima convicción de que esta boda ha de ser el remate de mi felicidad. Otra apariencia engañadora. Difícil os parecerá el enigma, pero pronto lo comprenderéis. Sabed que la encantadora princesa es mi hija y la doy en matrimonio a este joven caballero que la ama entrañablemente y cuyo amor es correspondido; sabed también que, conmovido por la paciencia y cariño de la fiel esposa a quien he arrojado indignamente de este palacio, le abro mis brazos y mi corazón con el propósito de hacerla olvidar con mi ternura cuentas penas le ha ocasionado mi carácter receloso; y si mucho estudio puse en disgustarla para someterla a continuas y difíciles pruebas, mayor será mi afán por hacerla feliz. Si las generaciones venideras recuerdan los sufrimientos, que no lograron abatir su corazón, también recordarán su virtud.

Estas palabras devolvieron la alegría a algunos semblantes velados por la tristeza. La joven princesa, loca de contento al saber quién era su padre, arrojose a sus pies; y el príncipe la obligó a levantarse, la abrazó, cubriola de besos y luego la llevó a su madre, que creyó morir de alegría; pues aquel corazón que no se había rendido a tantas penas, difícilmente pudo soportar tan extremado júbilo al ver llena de vida a su hija querida, a la que no había cesado de llorar creyéndola muerta.

—Tiempo te quedará, le dijo el príncipe, para dar expansión a los sentimientos de tu alma. Ahora ponte los vestidos que tu rango exige y vamos a celebrar las bodas de nuestra hija.

Celebrado inmediatamente el matrimonio de los jóvenes novios, las fiestas se sucedieron a cuál más espléndidas; y en la ciudad y en la corte sólo se habló durante mucho tiempo de la paciencia y de la virtud de Grisélida, que sin cesar había resistido tan duras pruebas, mereciendo los elogios y la admiración de todos.

Moraleja

En el curso de la vida,

la virtud y la paciencia

sufren embates terribles

que las sujetan a prueba:

si de sus duros vaivenes

lograren salir ilesas,

tanto mayor es el mérito

cuanto más dura es aquella.

Los deseos ridículos

Érase un pobre leñador, tan cansado de su vida que, según se cuenta, tenía de morirse deseos, porque en ningún de los agradables que había alimentado se vio complacido. Cierto día fuese al bosque, y como era en él costumbre, comenzó a quejarse de su suerte, cuando se le apareció Júpiter con el rayo en la mano. Grande fue el espanto del leñador, quien arrojándose al suelo, murmuró:

—Nada quiero; nada deseo.

—No temas, le dijo Júpiter. Tantas son tus quejas que quiero convencerte de su falta de fundamento. No olvides mis palabras: verás realizados tus tres primeros deseos, sea lo que fuere lo que desees. Elige lo que pueda hacerte dichoso y dejarte completamente satisfecho, y como tu felicidad de ti depende, reflexiona bien antes de formular tus deseos.

Pronunciadas estas palabras, Júpiter desapareció; y el leñador, loco de contento, cargose la hacina, que no le pareció pesada, y dándole alas la alegría, volvió a su casa, diciéndose mientras tanto:

—He de reflexionar mucho antes de tener un deseo. El caso es importante y quiero tomar consejo de mi mujer.

Saltando entró en su cabaña gritando:

—Mujercita mía, enciende una buena lumbre y prepara abundante cena pues somos ricos, pero muy ricos; y tanta es nuestra dicha que todos nuestros deseos se verán realizados.

Al oír estas palabras, la leñadora comenzó a hacer castillos en el aire, pero luego dijo a su marido:

—Cuidado con que nuestra impaciencia nos perjudique. Procedamos con calma y después de pensarlo bien, consultándolo antes con la almohada, que es buena consejera.

—Lo mismo opino; pero no perdamos la cena y tráete vino.

Cenaron, bebieron, y sentándose luego al amor de lumbre, el leñador exclamó, apoyándose con fuerza en el respaldo de su silla:

—¡Ajajá! Con este fuego nos hace falta una vara de salchicha. ¡Cuánto gustaría tenerla al alcance de mi mano!

Apenas hubo pronunciado estas palabras, su mujer vio con gran sorpresa una salchicha muy larga, que arrancando de uno de los ángulos de la chimenea se dirigió hacia ella serpenteando. Lanzó un grito de espanto, pero cayendo luego en la cuenta de que la aventura era debida al ridículo deseo formulado por su marido, con él la emprendió agotando los dicterios.

—Hubiéramos podido tener oro, perlas, diamantes, vestidos excelentes, añadió, y eres tan necio que te se ha ocurrido desear semejante cosa.

—Cállate, mujer; reconozco mi falta y procuraré enmendarla.

—A buena hora calzas verdes; necesario es ser muy imbécil para hacer lo que has hecho.

Tanta fue la insistencia de la mujer, que el bueno del hombre perdió la calma, y como a pesar de sus súplicas ella no cejase, exclamó furioso:

—¡Maldita salchicha que te ha desatado la lengua; así te colgara de la nariz para que callaras!

Dicho y hecho, y la salchicha quedó colgada de la nariz de la esposa del leñador.

Realizado el deseo, quedose ella muda de asombro y él con la boca abierta y rascándose el cogote. Restablecióse el silencio, hasta que por último la mujer, que había perdido los bríos y no apartaba la mirada de la salchicha, murmuró:

—¿Y bien?

—Sólo falta formular el tercer deseo. Puedo transformarme en rey, pero ¿qué reina vas a ser tú con tres palmos de nariz? Elige, mujer: o reina con esa nariz más larga que una semana sin pan, o leñadora con una nariz como la que tenías.

Mucho discurrieron antes de resolver, pero como su mirada no podía apartarse de la salchicha y a cada gesto se movía como rama a impulsos del huracán, prefirió la leñadora quedarse sin trono a conservar las narices como antes; y formulado el deseo por el leñador, su mujer volvió a quedar como estaba, lo que no fue obstáculo para que se llevase la mano a la cara para convencerse de que la salchicha había desaparecido.

El leñador no cambió de posición, no se convirtió en un gran potentado, no llenó de escudos su bolsa y creyose muy dichoso empleando el último de los tres deseos en devolver a su esposa las narices que antes tenía.

Moraleja

¡Cuántos son los que con voces

llenan los cielos y tierra

y sin cesar de sus labios

se desprenden duras quejas!

!Cuán dichoso yo sería,

van diciendo, si pudiera

hacer esto o bien aquello!

—¡Hazlo!, la suerte contesta,

y en vez de crecer su dicha,

crecen a veces sus penas,

que sólo es dichoso el hombre

que con poco se contenta,

a su suerte se acomoda

y delirios no alimenta.